U0850082

国家出版基金项目
NATIONAL PUBLICATION FOUNDATION

近代散佚戲曲文獻集成·戲曲史料編

30

總主編　黃天驥

明代婦人散曲集
孤本元明雜劇鈔本題記

王端淑等　編

山西人民出版社
三晉出版社

圖書在版編目(CIP)數據

明代婦人散曲集·孤本元明雜劇鈔本題記 / 王端淑等編. —太原: 山西人民出版社, 2018.3
(近代散佚戲曲文獻集成 / 黃天驥主編)
ISBN 978-7-203-10267-0

Ⅰ. ①明… Ⅱ. ①王… Ⅲ. ①散曲-作品集-中國-明代②雜劇-劇本-中國-元代③雜劇-劇本-中國-明代 Ⅳ. ①I222.9②I237.1

中國版本圖書館CIP數據核字(2018)第017701號

明代婦人散曲集·孤本元明雜劇鈔本題記

主　　編　黃天驥
編　　者　王端淑等
責任編輯　魏　紅
復　　審　劉小玲
終　　審　員榮亮
裝幀設計　謝　成

出 版 者　山西出版傳媒集團·山西人民出版社　三晉出版社
地　　址　太原市建設南路21號
郵　　編　030012
發行營銷　0351-4922220　4955996　4956039
　　　　　0351-4922127(傳真)
天貓官網　http://sxrmcbs.tmall.com　0351-4922159(電話)
E-mail　sxskcb@163.com　發行部
　　　　sxskcb@126.com　總編室
網　　址　www.sxskcb.com

經 銷 者　山西出版傳媒集團·山西人民出版社
承 印 廠　山西出版傳媒集團·山西新華印業有限公司

開　　本　787mm×1092mm　1/16
印　　張　9.25
字　　數　55千字
版　　次　2018年3月　第1版
印　　次　2018年3月　第1次印刷
書　　號　ISBN 978-7-203-10267-0
定　　價　57.00圓

如有印裝質量問題請與本社聯繫調換

《近代散佚戲曲文獻集成》編委會

總主編　黃天驥

編　委　董上德　張繼紅　許石林　陳志勇

總策劃　越衆文化傳播·南兆旭

出版工作委員會

主　任　胡彦威

執行主任　張繼紅　姚　軍

副主任　梁晉華　莫曉東

監　製　徐　勝

委　員　周　威　劉小玲　徐　勝　顔海琴　何　瀅　林旭娜

張志杰　翟麗娟　王新斐　崔人杰　郭向南　史美珍

魏　紅　吉　昊　薛勇强　解　瑞　秦艷蘭　張仲偉

任俊芳

設計總監　李尚斌

設計製作　吴圳龍　莊生府　王秀玲

出版説明

一、近代散佚戲曲文獻集成鈎沉、梳理，選取十九世紀末到二十世紀中葉，散佚而獨具特色、頗具研究價值的戲曲文獻進行整理出版，以填補學術界在近代戲曲史史料方面的缺失。

二、叢書主要採取影印的方式整理出版，爲便於學界研究之需要，以忠實於原稿爲宗旨，對排版方式、原書内容的缺損、錯譌等均不做修復，在不影響内容的情況下僅對頁面的污損做了處理。

三、叢書作爲影印文獻，序言、附注、插頁皆予以保留，最大限度地保持原本原貌：單黑印刷的保持單黑色，彩色印刷的以原來的色彩進行印刷。

四、叢書分爲「理論研究編」「戲曲史料編」「名家文獻編」「曲譜和唱本編」四大編七十册。

五、「理論研究編」主要選取了近代重要的戲曲研究名家絶版多年的重要著作。其中，或有部分重要經典著作後期有再版，如王國維先生的宋元戲曲考，我們選擇早期稀見之「正音學會校本」版，原貌出版。

六、「戲曲史料編」則對史材、檔案、傳記等史料進行了整理。「名家文獻編」對著名戲曲表演藝術家的文獻進行了集中整理，包括海外版史料、報紙雜誌或期刊的專刊、各種個人專集等。這些史料或散於海外、或沉於故紙堆，因極富時代特色且具有原真性，又長期遊離於主流學術研究視野之外，因而其研究價值較爲突出。爲保持文獻原真性，對於期刊圖書廣告頁予以保留。

七、「曲譜和唱本編」主要對戲曲的曲譜和唱本進行了整理。曲譜和唱本是戲曲藝術傳承、演變、發展的主要載體之一，近代的曲譜和唱本很多是當時演出的戲本，故不少史料具有民間性，對於戲目發展的原生狀態具有很高的研究價值，如小唱本，因非常零散，多年來幾乎未見整理出版。

八、因叢書主要採用影印的方式，故海外出版的外文版未進行翻譯，維持海外原版之狀態，適合較高層次的讀者閱讀、研究。

九、叢書中，因原版的零散或者底本的其他狀況不便於影印的戲曲藝術散論叢編採取了重新錄入的方式進行排版，由本項目組進行了點校、審讀。

十、對於篇幅較小的原本書目，叢書進行了合編出版；對於合編冊數爲兩冊的，保持了原始書名；對於合編冊數爲三冊以上的，則按整理的類別，重新編訂書名。

十一、所選版本的頁碼標註，在保持原始頁碼的同時，重新編排了新頁碼；對於兩冊以上合冊出版的書目，做了目錄，便於讀者查找閱讀。

十二、爲保證叢書體例一致，序言、出版說明、版權頁等附文，皆採用了中文繁體編排。

鑒於編者水平有限，有不當之處，敬請方家指正，又因出版時間所限，定有諸多不足之處，亦請廣大讀者海涵。

總序一

黄天驥

戲曲，是我國在世界藝壇上獨樹一幟的綜合性藝術。如果從金元時期戲曲趨於成熟的階段算起，歷經明清兩代，到晚清民國時期，它已經走過了近七百年的道路，發揮過重大的社會影響。

戲曲，包括雜劇、傳奇乃至花部小戲等體裁，在不同的歷史時期，其内容、形式，不斷地變化融合，也經歷過好幾個不同的發展階段。進入晚清民國時期，隨着我國歷史和社會出現翻天覆地的變化，戲曲進入了非常獨特的歷史時期。對於中國文化和研究中國戲曲史而言，這是具有特别意義並且非常值得注意的歷史時期。

我國戲曲，元代以雜劇爲主流，明清兩代，劇壇以傳奇爲主，也兼演雜劇。但到了清代乾隆年間，朝廷經常在爲皇帝、皇太后祝壽的全國性節日，引進各種地方戲班，進入北京會演。以此爲契機，徽班以其精彩的表演和它易於爲群衆接受的特質，在京城落地生根，影響日益擴大。它融合了其他唱腔，形成了後來被稱爲「京劇」的新劇種。這時候，各處的地方戲，風起雲湧。至於曾在舞臺上流行的雜劇、傳奇，即使在某些方面結合時代的潮流，有所革新，但終究敵不過以徽班爲代表的清新、活躍、更接地氣的地方戲。愈到後來，屬於「雅部」的雜劇、傳奇，漸漸無人問津，走向衰落。從此，「花部」終於戰勝了「雅部」，中國的劇壇，經歷了一次重大的變化。

從晚清到民國，隨着政治經濟的變革，西方各種思潮包括文藝思潮，也陸續湧入古老的天朝。我國戲曲領域，與中國人民反帝反封建的鬥争相聯繫，與資産階級政治運動相適應，也出現了深刻的改良活動。以京劇爲例，劇壇上呈現出與元明清三代不同的面貌和特點。

從金元以至明清，我國戲曲經過長期的創造、沉澱，在劇本創作上，特别在唱、做、念、打等表演技巧方面，都在不斷地完善。乾嘉以來，商業興旺，中心城市如北京、上海一帶，市場繁榮，觀衆日多，審美要求也日益提高。加以宫廷的大力提倡，各個地方戲種有了交流借鑒、互相影響、共同提高的機會。以京劇爲代表的「花部」，特别在表演藝術方面，日臻成熟，達到了中國戲曲史上的高峰。那時候，戲班衆多，名角迭出。咸豐、道光年間，京師出現以演老生見長的程長庚、余三勝、張二奎。這三傑，被稱爲「三鼎甲」。後來又出現譚鑫培、汪桂芬、孫菊仙三位傑出的老生演員，被稱爲「後三鼎甲」。他們的做派唱工，或如黄鐘大吕，慷慨沉雄；或如雁嘯長空，悲凉蒼勁。他們風格各異，而其共同之點：品行端正，敬業不懈，嚴肅地對待藝術創造。因此，他們被藝術界公認爲偶像，也受到廣大觀衆的尊敬。

到民國初年，觀衆喜愛老生的熱忱，逐漸轉换爲對旦角的追捧。當時京劇湧現出四大男旦。梅蘭芳以俊美的容姿，唱、做、念、打已達爐火純青的表演技藝，讓觀衆如癡如醉。程硯秋擅演悲劇，以青衣應工，幽韻哀情，如泣如訴，唱到劇中的悽楚之處，讓觀者感同身受。荀慧生則表情多變，做派風流活潑，有第一花旦的美譽。尚小雲嗓音圓亮高朗，在串演女性角色中透露着英勃之氣，他尤擅演刀馬旦，在旦角中自成一派。那時候，「梅、程、荀、尚」，紅透了中國劇壇。

可以説，清末民初，是中國戲曲發展的高潮時期，尤其是在表演技巧方面，更是發展到藝術的頂峰。這一點，和戲曲在繼承傳統的基礎上，在新舊交替的時代，審美觀念出現變化，演員們在劇本内容和演技方面，爲適應社會的需要，積極地醞釀有所變化、有所革新有關。當舊的政治體制被推翻，崇尚個性的潮流湧入劇壇，「四大名旦」們，也就不斷刷新劇目，即使演出傳統舊劇，也注意作適當的改造，注意程式的創新，甚至懂得追求人物形象的個性化。於是，整個清末和民國的劇壇，出現了讓人耳目一新的局面。

在這階段，藝壇上有一個現象，很值得我們注意，這就是圍遶着名角，出現了一批在文學上或在藝術上很有造詣的追隨者。他們不是戲迷或跟班，而是對名角有着很大影響力的藝術顧問或參謀，在戲班中，他們在很大程度上起着導演、編劇兼評論家的作用。像齊如山、羅癭公、陳墨香等人，他們文化根基深厚，社會經驗豐富，對新思潮有所瞭解。他們的加入，對清末民初戲曲走向高潮，産生了積極的作用。

由於有一批高水平的文化人，經常與名角們長期深入地接觸，瞭解名角們的生活，熟識演員們藝術創造的過程，也和當時的優伶界一起沉浮。他們用文字把舞臺上下種種見聞記錄下來，從不同的角度描述當時劇壇發展的足跡，這就給後人研究清末民初的劇壇，留下了極有價值的文獻。本叢書的「戲曲史料編」，便是力圖完整地搜集這一時期劇壇有關史料，方便研究者對當時劇壇有詳盡的認識，也爲人們進一步深入研究提供線索。

進入清中葉以後，我國戲曲表演，實際上已推行「演員中心制」，無論是京滬劇壇乃至各處地方戲，從戲班體制乃至舞臺演出，均以演員爲中心。越到清末民初，名角的作用越是壓倒一切。這樣的現象，在我國戲曲史上並不多見，也可以視爲戲曲表演發展到最高階段所呈現的獨特面貌。

由於演員表演的成就成了這一時期戲曲發展的標識，爲此，本叢書編選「名家文獻編」，輯錄了梅蘭芳、譚鑫培、周信芳等十一位藝術大師的文獻，其中包括演出報告、影集、雜誌、臨時特刊等文獻，以及社會各界對他們的述評和研究文章等等。通過此編，讀者既可以認識、學習一個個名角各自的表演特色、各自的藝術成就，也可以從總體上，綜合觀察這一歷史時期戲曲發展的趨向。

這套叢書，還列有「理論研究編」。

本來，從金元時代開始，戲曲已趨成熟，成爲人民大衆喜聞樂見的藝術形式，許多文人雅士，也參與到劇本的創作中，寫出了不少膾炙人口的名劇，被視爲「驅梨園領袖，總編修師首，捻雜劇班頭」的關漢卿，甚至還粉墨登場。但是，在戲曲理論方面，卻鮮有人認真思考。除了明末清初的李笠翁，寫了閒情偶寄，算是比較全面地總結戲曲劇本的創作和表演經驗的規律以外，幾百年來，即使是關心戲曲的名家，也衹作些蜻蜓點水式的評點，或者在書信中和朋友們發表些零星的想法，至多是在劇本的序跋中，涉及對劇本創作的思考。可以説，從古以來，我們傳統長於形象思維卻疏於邏輯思維的慣性，使古代戲劇家對戲曲缺乏系統性、學理性和歷史性的思考。

近代以來，國運日衰。隨着西方列强在軍事、經濟、文化方面的進入，我國不少精英人物，不得不考慮國家向何處去的問題。思想界和學術界的許多學者，往往在不同程度上，和西方學術有所接觸，直接或間接受到西方文化的影響，思維方式也有所改變。同時，他們也看到，與城市商業繁榮的局面相聯繫，包括戲曲在内的通俗文化，日益受到廣大群衆的歡迎，特別是戲曲的表演藝術突飛猛進，其影響甚至超出了國門。這種種因素，讓許多有識之士，再不把戲曲視爲不登大雅之堂的「小道」。這一來，戲曲理論的研究，逐漸爲學術界人士所關注。從王國維開始，學者們已把戲曲研究作爲一門專業性的學問。進入二十世紀的四五十年代，戲曲理論研究更成爲顯學。

當然，在清末民初，戲曲理論研究剛剛起步，但也取得了令人矚目的成果。後來，在抗日戰爭期間，在烽火連天、顛沛流離的日子裏，有些學者還孜孜不倦地進行戲曲研究，努力從理論上探索中華民族文化瑰寶的奥妙。有些學者追根溯源，探索戲曲發生發展的過程；有些則研究戲曲在不同時代的表現和特點，或者研究我國戲曲的形態；有人廣泛搜集和考索劇本劇目；有人致力於曲韻的研究；有人還注意對地方戲的論述，等等。可以説，清末以及民國時期的戲曲理論研究者，完全打破了傳統曲學評點餖飣支離破碎的方式，他們從不同角度，對戲曲藝術作系統性的研究，邁出了新的一步。即使有些地方，還待深入探討，但已爲後來的研究者打下了基礎。「篳路藍縷，以啟山林」，在我國戲曲研究學術史上，這一時期的學者功不可沒。其中，有些論著，具有經典性，直到今天，依然是戲曲理論研究者必讀的文獻。爲此，本叢書設置「理論研究編」，努力搜集讀者不易看到甚至已經絕版的論著，意在既保存珍稀資料，又爲學者們開展對這一階段劇壇的研究，提供更全面的幫助。

經過多年的努力，近代散佚戲曲文獻集成叢書終於面世。這套叢書的出版，填補了近代戲曲學術史的空白，對推進今天戲曲創作、表演和理論研究，也很有價值。特推介，是爲序。

二〇一五年六月十二日於中山大學中文堂

「戲曲史料編」序／

陳志勇

我國戲曲已走過七八百年的歷史，給後世留下了豐富的史料文獻。一代代戲曲史研究者爬梳鈎稽，描繪出一條明晰的歷史發展軌跡。

元代有八十七年不開科取士，讀書人失去進身之階，重啓科考後，即便中式也只能沉鬱下僚，難以一展經國治世之志，他們將自己的聰明才智和複雜情緒一起投入雜劇創作中，促進了元雜劇的繁榮；但由於受制於客觀條件，元代的戲曲史料存世較少。南方的戲文，情況也好不到哪裏去。早期的南戲，「宋人詞益以里巷歌謡」，鄙俚淫逸，難以博得上層文人的關注和參與，儘管生活在社會底層的書會才人競相創作，但能留存下來的劇本信息和文獻記載也是吉光片羽。近代以來，一大批前輩學人如顧隨、趙景深、鄭振鐸、馮沅君、錢南揚等，從明清曲籍中鈎沉宋元南戲佚曲劇目二百多種，補上了缺失的一環。

元代末期，來自南戲發源地温州的進士高則誠創作了琵琶記，從此改變了上層文人不重視戲曲的局面。高則誠以近乎完美的藝術表現和精彩的文學呈現，讓琵琶記成爲後世戲曲的典範，也開了文人傳奇的先河。從琵琶記開始，戲曲史料逐漸豐富起來，關注和記載戲曲信息的文獻逐漸多起來，社會各階層參與戲曲活動的熱情高漲起來。我們可以看到明朝中晚期，戲曲真正成爲全民娛樂消費的對象。

十八世紀晚期，隨着崑曲的衰落、花部戲曲的崛起，花雅競爭和互融同時進行，地方劇種成爲我國劇壇的主宰者。京劇正是在此背景下誕生並趨完善、繁榮的。可以説，京劇是融匯我國古代戲曲藝術衆川精華之大成者，是繼崑劇之後藝術水平最高的一個劇種。京劇大繁榮的時間段正是在晚清及民國時期。現在編纂近代散佚戲曲文獻集成叢書的戲曲史料編，可謂順應了我國古代戲曲發展的歷史走向，順應了近代以來戲曲研究的大趨勢。

一

任何歷史研究，史料都是基石，戲曲史的研究也是如此。在戲曲史料編中有内容極爲豐富的五十年來北平戲劇史材 北平國劇學會陳列館目錄 國立北平圖書館戲曲音樂展覽會目錄等戲曲史料或戲曲文物目錄的彙集，也有近代名伶的生平傳記、舞臺藝術史料，如同光朝名伶十三絶傳略 皖優譜 男女名伶小史 梨園佳話等，它們既反映出晚清民國名伶的譜系，也折射出這一時期戲曲發展的基本面貌。此外還有史料搜集與整理方面的著作整理昇平署檔案記 昇平署月令承應戲等，這些稀見史料對近代戲曲研究意義重大。

史料的搜集，實質上關涉學人的眼界和觀念。什麽樣的史料是有價值的、值得納入囊中，這需要學人憑藉自身的史識作出判别。五十年來北平戲劇史材即充分體現出編輯者周明泰高遠的視野和廣博的學識。這部史材收納了從光緒八年（一八八二）到民國二十一年（一九三二）整整五十年間北京的數百張戲單，涵括普慶班、四喜班、鴻慶班、三慶班、同春班、同慶班、永慶班、雙奎班、增桂班、義順和班、天慶班、福壽班、玉成班、慶壽班、雙慶班、承平班、寶勝和班、太平和班、吉祥班、鴻盛和班等數十個名班，以及譚鑫培、楊月樓、孫菊仙、梅蘭芳、程硯秋、荀慧生、尚小雲、馬連良等衆多京劇名角。透過戲單中藴含着的各種演劇史料，我們可以看到戲班演出場地與劇目的關係、劇目次序與伶人的對應關係、劇目的差異與不同觀衆的審美取向及民俗含義、劇目的五十年變遷軌跡等内容。同時，在戲單中還能看到伶人的譜系流變，如譚鑫培家族中子弟的成長史，譚富英、譚小培、譚世英、譚春仲、譚盛英、譚文玉、譚春同、譚金昇在戲單中出現的時間、各自行當的分工、劇目的分佈等等。此外，通過戲單還能看到崑曲劇目與皮黄劇目的搭配，光緒年間雙慶班在大演皮黄戲的同時也間演游園驚夢 風箏誤 拷紅 斷橋 寧武關等崑曲折子戲。可以毫不夸張地説，若將五十年來北平戲劇史材中一張張戲單所包含的豐富戲曲文化信息連綴起來，就是一部北京晚清民國五十年戲曲發展史。

有時候，史料的得來，純在偶然之間，這需要研究者對雜亂無章的史材作進一步的整理。整理昇平署檔案記依靠的史料是一九二四年朱希祖在北京宣武門偶然購得的昇平署檔案及鈔本戲曲共六七百種、一千數百册。在這部著作中，朱希祖對昇平署檔案作了詳細分類，分爲日記檔、差事檔、花名檔、旨意檔、恩賞檔及分錢檔各類。該書的内容首發於一九三一年的燕京學報第十期，成爲今天研究昇平署檔案的重要參考文獻。

在衆多戲曲史料中，齊如山的北平國劇學會陳列館目録和國立北平圖書館編國立北平圖書館戲曲音樂展覽會目録，十分引人注目。這兩部印行於二十世紀三十年代的戲曲史料目録，内容極爲龐雜。

齊如山的北平國劇學會陳列館目録與北平國劇學會有關。創建於一九三一年十二月的北平國劇學會，是由梅蘭芳、余叔巖、齊如山等人聯名發起組織的一個民間京劇團體。國劇學會創設的陳列館，收藏各種大小戲曲文物十萬多件，齊如山將之整理，列成細目。目録包括内務府檔案、昇平署劇本、戲班文物、戲曲圖表、相片、樂器、唱片。尤值一提的是，目録包含大量内務府演劇檔案，其中涉及戲班進呈内務府花名册、戲單、清宫戲箱砌末檔案、傳差賞銀及示諭戲班檔案等；而昇平署檔案，更是種類繁多、琳瑯滿目，包括花名册賞單戲目、王府進呈本、御筆改訂本、崑曲安殿本、皮黄安殿本、弋陽腔安殿本、梆子安殿本、曲譜存庫本、提綱存庫本、排場本、穿戴提綱本、串頭提綱本、砌末提綱本等多個科目。從時間跨度上看，較早的内廷演劇檔案有乾隆十六年皇太后六旬萬壽奏案簿，最晚的檔案、劇本直至光緒末年。北平國劇學會陳列館目錄收羅極爲龐雜，説明整理者的視野相當寬廣。事實上，齊如山的戲曲研究從宫廷演劇到民間演劇習俗、從戲曲藝術本體到戲曲文學、從戲曲文物到戲曲文獻都有涉及，並取得相當高的學術建樹。

國立北平圖書館戲曲音樂展覽會目錄分戲曲撰著部、戲曲文獻部、樂書部、樂器部等部類，尤其以戲曲撰著部收錄最富，涉及曲作、曲譜、曲選、曲話、曲律及近人戲曲研究專著等多個方面。展覽會參展的戲曲文獻除北平圖書館所藏之外，還有大約三分之一來自私人藏書。這些私人藏書家有梅蘭芳、馬廉、劉半農、鄭振鐸、傅惜華等人，尤以傅惜華藏品爲多。而私人收藏的戲曲文獻主要以清代梨園戲曲鈔本爲主，不少是存世的孤本，彌足珍貴。可以説，這部目錄是當時研究戲曲最爲完備的史料指南。

二

史料是文化的印痕，而文化是人創造的。晚清民國是中國戲曲發展的又一高潮，尤以京劇爲代表，這一時期京劇伶人生平史料和演劇史料層出不窮，真實再現了伶人的藝術人生和學藝、傳藝的譜系。

「戲曲史料編」中收錄了孫老乙等人編輯的近代名伶傳略史料彙編、天柱外史皖優譜、王夢生梨園佳話等伶人傳記史料。

近代名伶傳略史料彙編匯集了佚名最近一百名伶小史（又名男女名伶小史）、朱書紳同光朝名伶十三絶傳略和孫老乙當代名伶傳三部伶人傳記。佚名的男女名伶小史，民國十年（一九二一）上海中外書局鉛印本，選取從徽班耆宿程長庚開始的一百位京劇名伶小傳，基本涵括了京劇史上最有名之「老生前三傑」「後三傑」「四大名旦」等名角。小史在編排伶人的次序上，頗爲注意伶人之間的血緣、師承、姻親、地緣關係；同時在地域上以北京爲主，兼及天津、上海、蘇杭，甚至東北、粤東地區。如此分類也符合當時京劇流傳情况和地域成就的實際。小史的體裁類傳記，以單傳爲主，偶有兩人合傳，對伶人的學藝經歷、演技特色、藝術地位多有論述，亦不妨當作戲曲評論來讀。

同光朝名伶十三絶傳略，是一九四三年由進化社朱復昌（書紳）縮小影印的，沈蓉圃所繪同光朝名伶十三絶傳真像，是當時各行當的代表人物，分别是程長庚飾群英會魯肅，盧勝奎飾空城計（或戰北原）諸葛亮，張勝奎飾一捧雪莫成，楊月樓飾四郎探母楊延輝，徐小香飾群英會周瑜，譚鑫培飾惡虎村黄天霸，梅巧玲飾四郎探母蕭太后，朱桂芬飾玉簪記·琴挑陳妙常，時小福飾桑園會羅敷，余紫雲飾彩樓記王寶釧，郝蘭田飾釣金龜康氏，楊鳴玉飾思志誠明天亮，劉趕三飾探親家鄉下媽媽。這「十三絶」中老生四人（程長庚、盧勝奎、張勝奎、楊月樓），武生一人（譚鑫培），小生一人（徐小香），旦角四人（梅巧玲、時小福、余紫雲、朱蓮芬），老旦一人（郝蘭田），丑角二人（劉趕三、楊鳴玉），除净行未收外，涵蓋了京劇的主要行當。書後附有十三絶的傳略及余叔巖、時慧寶、程繼先、梅蘭芳、王瑶卿、譚小培、馬連良、尚小雲、程硯秋、荀慧生、金仲仁等數位當紅伶人的附志，是晚清民國時期伶人傳記史料集。

孫老乙當代名伶傳，一九四七年八月由天下圖書雜誌出版公司出版，前有王雪塵、李元龍、俞振飛所作序言及作者自序。作者就自己二十年見聞所及，記述了當時一百一十三位京劇演員的生平和藝術。伶人排列以宗派爲經，以時代爲緯，首起梅蘭芳，以北京的伶人爲主體，同時也記録了長期在上海演出的麒麟童、林樹森、蓋叫天、趙乃泉、楊瑞亭、苗盛春、蓋三省、俞振飛、韓金奎、劉斌昆、言慧珠、童芷苓、艾世菊、魏蓮芳等名伶。作者力圖以傳統的紀傳體裁來勾勒民國時期京劇歷史的概貌。

天柱外史所著皖優譜，世界書局一九三九年出版，凡六卷，分爲引論及生、旦、净、丑、場面各一卷。主要輯録皖籍崑劇、徽調、皮黄劇伶人的藝術史料。卷一「引論」，對徽班演劇史有詳細的勾勒。卷二至卷六，從元楊景輝、明嘉靖張野塘開始，分别介紹徽州歷史上著名的伶人。每卷之前考索角色名稱的由來，介紹名伶的生平籍貫、藝術特點和成就。該譜引述「戲曲專家紀録」，但逐條增添作者的按語，尤其在引論中對戲曲聲腔的論述，每有精闢之論，值得重視。

王夢生的梨園佳話，一九一五年商務印書館出版，是民國初年全面介紹清末以來北京戲曲活動演變、流行劇目及其藝術流派的戲曲專書。此書分爲四章，首章「總論」，分條論述戲曲藝術的總特徵、起源、唱做念打之技法等等，爲戲曲之整體關照。次章「諸位精華」，介紹生旦角色的含義、老生唱法和十餘種代表性劇目，另及一些特殊性質的劇目（如武劇、謔劇、穢劇、全本劇）。第三章「群伶概略」，介紹蘇班、徽班、京班中的名角，重點介紹程長庚、余三勝、汪桂芬、譚鑫培、孫菊仙、龔雲甫等當紅伶人七十餘位。第四章「餘論」，爲舞臺藝術特色、戲行之風俗及規制的介紹。梨園佳話雖仍屬京劇流派史料範疇，但它對京劇舞臺藝術、劇目及戲俗的介紹，頗有學術含量，初步具備京劇史研究著作的雛形。

三

劇目選編是不同於戲劇史料、伶人傳記的另一研究路向，大量劇本材料的匯集、選録和考訂，從文本的角度豐富了對戲曲的整體關照，與歷史變遷、伶人流派一起構建起我國戲曲歷史、舞臺和文本的多維圖景。在「史料編」中選録王端淑明代婦人散曲集、馮沅君孤本元明雜劇鈔本題記以及新大戲考、昇平署月令承應戲等幾部具有代表性的劇目、劇本文獻。

明代婦人散曲集是明末清初山陰才女王端淑所輯，爲民國二十四年（一九三五）盧前（冀野）從名媛詩緯初編·詩餘初編中輯出重編、校訂，前有盧前所作序文。王端淑從女性詩人角度，輯得黄峨、徐媛、梁孟昭、沈蕙端、郝湘娥、沈靜專、呼祖、蔣瓊瓊、楚妓、馬守真、景翩翩、李翠微等十二位女性曲家的散曲作品。每位作者名下皆有小傳，點出家學淵源或重要社會關係，對藝術風格和成就有簡要點評。王端淑的評語明顯帶有女性視角，試圖將女性曲家從男性作家群體中剝離出來，給予獨立的主體地位。書尾附録有吴蘋香手書曲稿真跡一幀，另附有盧前録得從宋代劉盼春至民季吴蘋香婦人曲話十餘則，爲整篇散曲之有益補充。

孤本元明雜劇鈔本題記，是馮沅君先生在一九四四年對國立女子師範學院所鈔藏的二十一册「脈望館鈔校本古今雜劇」作的題記，是一篇關於雜劇角色服飾的重要論文，可視爲一九三六年古劇四考「搬演考」的續篇。馮先生從鈔本雜劇的記載，重點考察舞臺上伶人對劇中人物穿戴的設計和安排，將文本形態與舞臺形態結合起來研究，構建了從文本到舞臺的新的研究路徑，給後世的戲劇研究者帶來諸多啓迪。

新大戲考是二十世紀四十年代灌注的京劇名角唱片的名段曲詞之匯集。戲考分爲劇情説明和名段唱詞兩大部分，劇情説明有四十五則，而名段唱詞則以京劇曲段最多，依次以老生、文武老生、青衣、老旦、大面録入。老生藝人包括譚鑫培、王長林、孫菊仙、余叔巖、馬連良、劉鴻聲、陳少霖、王又宸、高慶奎、言菊朋、王少樓、譚富英、譚小培等數位。文武老生則有楊小樓、高百歲、李吉瑞、麒麟童、李桂春、林樹森等數位。青衣則以梅蘭芳、程硯秋、尚小雲、荀慧生等名角爲主。老旦以李多奎，大面以郝壽臣、金少山爲代表。可以説，當時市面上流行的京劇名角唱片基本被囊括其間。更值得一提的是，戲考還將上海一帶流傳的紹興戲、申曲、揚州調、彈詞、河南墜子、北方雜曲的名角唱片曲詞録入，收録的名角近百位，關涉的唱片公司有百代、勝利、高亭、國樂、蓓開、孔雀、長城、麗歌、大中華等數家。新大戲考爲研究近代戲曲、雜曲唱片史的重要文獻。

昇平署月令承應戲，一九三六年北平故宫博物院編印，收録清代宫内昇平署殘存的崑、弋腔月令承應戲劇本，皆爲内廷供奉的折子小戲。宫廷月令承應戲，計有元旦承應戲三折、立春承應戲二折、上元承應戲二折、燕九承應戲二折、花朝承應戲二折、浴佛承應戲二折、端陽承應戲五折、七夕承應戲二折、中元承應戲三折、中秋承應戲二折、重陽承應戲四折、頒朔承應戲二折、冬至承應戲四折、臘日承應戲二折、祀竈承應戲三折、除夕承應戲八折。昇平署月令承應戲凡十六節令，演劇四十八折，是研究清代宫廷月令演劇不可或缺的史料。

以上這些民國時期刊印的珍貴戲曲史料，隨着時間的流逝，已難得一見，成爲「稀見」文獻，今天重新將它們影印出版，必將嘉惠學林，大力促進戲曲史的研究工作，洵爲功德無量之事。

作者簡介

明代婦人散曲集

王端淑（一六二一—一七〇一年後），女，字玉映，號映然子、吟紅主人，又號青蕪子，山陰（今浙江紹興）人。鄉賢王季重（王思任）次女，錢塘（今杭州）貢士丁睿子妻。自幼酷愛讀書，學識淵博，能明大義，自經史以至陰符、老莊、内典、稗官野史，無不瀏覽；對於史學尤爲精通；又立志博採衆長，詩文諸體，靡不涉筆。王端淑一生著作頗豐，有吟紅集三十卷，玉映堂集 史愚和留篋恒心無才宜樓諸集，其明代婦人散曲集近代由商務印書館以仿宋版珍本綫裝出版，爲重要戲曲史料。

孤本元明雜劇鈔本題記

馮沅君，（一九〇〇—一九七四），女，現代著名學者、文學家、教育家。一九二二年畢業於北京女子高等師範學校國文系，後入北京大學研究所學習古典文學。一九二三年開始文學創作，出版有小説集卷葹 春痕 劫灰。一九三二年與丈夫陸侃如留學法國，一九三五年獲巴黎大學文學院博士學位。回國後先後在金陵女子大學、復旦大學、中山大學、武漢大學、山東大學等校任教，曾任山東大學副校長。主要著作有中國詩史（與陸侃如合著）中國文學史 中國文學史簡編 古優解 孤本元明雜劇題記 古劇説彙等。

目錄

明代婦人散曲集 一
孤本元明雜劇鈔本題記 六三

明代妇人散曲集

◎王端淑

弁言

昨歲予在坊肆見名媛詩緯一書爲明山陰王端淑所輯端淑者王季重思任女也其三十五六兩卷曰詩餘集三十七八兩卷題曰雅集則散曲也黄氏等五家爲一卷沈靜專以次別爲一卷其中如黄氏有專集曰楊夫人樂府者予既刊入飲虹簃叢書徐媛見太霞新奏呼祖見銅琵金縷其他各家偶或見選本與詞話中然大都一鱗一爪未嘗有此編之富而作者生平事蹟他書所未能詳者舉備於是其書後歸雲間施氏無相庵主人與予雅故錄最後四卷見貽予以友人趙叔雍方彙刻明詞遂以前二卷轉錄付惜陰堂而校訂散曲

二卷。改題曰明代婦人散曲集以行世。至元代婦人以逮清之閨秀之爲散曲者。予舊有婦人曲話十六則。錄附其後。雖以明代爲名。實則婦人散曲之作。此集已略盡之矣。二十四年冬月盧冀野書於真如村居。

一珍倣宋版印

明代婦人散曲集目次

黄　峨
徐　媛
梁孟昭
沈蕙端
郝湘娥
沈靜專
呼　祖
蔣瓊瓊
楚　妓
馬守真
景翩翩

李翠微

附錄一　吳蘋香手書曲稾真蹟

附錄二　婦人曲話

珍倣宋版印

明代婦人散曲集

明山陰王端淑玉映選輯

盧冀野　校訂

黃　氏　見名媛詩緯卷四正集二。卷三十四詩餘集上。○冀野案。氏名峨。字秀眉。遂寧人。尚書黃珂女。修撰楊慎妻。見小疏文錄。楊夫人別傳。

端淑曰。幽思綺語。濺人齒牙。絃索之下。蕙芬珠瀉。邇來諸學士家新聲。戶著豔烈。交喧傳奇散曲刻本。稾本幾等海霧。此十二曲其詞隱先生之所未備也歟。

黃鶯兒　苦雨

積雨釀輕寒。看繁花樹樹殘。泥途滿眼登臨倦。雲山幾盤。江流幾灣。天涯極目空腸斷。寄書難。無情

征鴈飛不到滇南

前腔

夜雨滴空堦傍愁人枕畔來鄉心一片無聊賴淚
眸懶揩征衫懶裁沈郎多病寬腰帶望琴臺迢迢
天外懷抱幾時開

前腔

霽雨帶殘紅映斜陽一影虹樓頭畫角聲三弄東
林晚鐘南天晚鴻黃昏新月弦初控坐長空披襟
誰共萬里楚臺風

前腔

細雨織流光愛青苔繡粉牆鴛鴦浦外清波漲新
篁送涼幽蘭弄香雲廊水榭堪清賞倒金觴形骸

珍倣宋版印

放淚到處是家鄉

黃鶯兒 春思

采藥憶天台盼仙音不見來倚闌却把青鸞恠香留鏡臺明分玉釵桃花流水依然在憶天台合歡雙帶好寄與多才

前腔

折柳寄章臺嬖雲牋錦句裁銀箏翠袖煙花寨千回萬回傳杯放杯故人惟有何戡在寄章臺牽情係愛舞袖與弓鞋

前腔

遙夜步閒堦恨璘瓏音信乖三生未了鴛鴦債道來不來說諧不諧窗殘夜月人何在步閒堦藍橋

路窄·空使燕鶯猜·

前腔

聽雨坐空齋·任閒花爛熳開·碧雲信斷南天外·風搖綠槐露冷紫苔·詩人老去多情在·坐空齋黃昏無耐·燈影焰離懷·

羅江怨 冬思

香羅帶 空亭月影斜·東方既白·金鷄驚散枕邊蝶·長亭十里·唱陽關也·一江風 相思相見相見何年月·淚流襟上血·愁穿心上結·鴛鴦被冷雕鞍熱·

前腔

黃昏畫角歇·南樓鴈疾·遲遲更漏初長夜·愁聽積雪松稠也·紙窗不定·不定風如射·牆頭月又斜·牀

珍倣宋版印

頭燈又滅紅爐火冷心頭熱

前腔

青山隱隱遮行人去急羊腸鳥道馬啼怯鱗鴻不至空相憶也惱人正是正是寒冬節長空孤鳥滅平蕪遠樹接倚樓人冷闌干熱

前腔

關山望轉賒征途倦歷愁人莫與愁人說遙瞻天闕望雙環也丹青難把難把衷腸寫炎方風景別京華音信絕世情休問涼和熱

徐 媛 見詩緯卷七正集五〇媛字小淑長洲人秦時女副使范公允臨妻髫年多慧性好學詩博極羣籍凡古文碑銘騷賦歌詞罔不究心論詩獨不喜子美而慕長吉謂子美雖大家然多鄙俚語長吉怪怪奇奇俱出自創不到以鬼才開宋人門戶故所詠悉雄

麗奇。乃高視一時。有絡緯吟集。列朝詩集言其視陸卿子。尤爲猥雜。

端淑曰春日書懷高亮輕圓沈袁唐祝差相伯仲寒夜書愁調揚氣激有冰城擊鐵之聲傷逝南北則漆園鼓拍赤松遺漢熱沸場中清涼一散臨川越幅遜其新裁

綿搭絮 春日書懷

薄寒輕悄。紅雨染春條。翠襯香芸。一片煙絲軟蝶嬌。杏花梢。啼鴂聲高。閉殺鞦韆院落。睡損鮫綃。擔害得悶對芳辰。結思空拈白玉毫。

前腔

落英鋪繡景色豔。河橋簾影疎疎。曉日曈曨映柳梢。鏡花銷。翠黛慵描。盼殺蠨蛸塞遠離恨天遙斷

珍倣宋版印

送得短歎長吁・三度瓜期折大刀・

前腔

春歸院小風煖淡雲飄・戶外青山繚繞・吹絲送伯勞總無聊・都上眉梢想殺曲江詩酒錦字宮袍・抛閃得粉剩脂殘・腸斷東風爲玉簫

前腔

棲遲荒徼・落月戶梁高・露白中庭風細・雲波竹影抛・聽銅蕉旅鴈天遙・愁殺金鞭難拗・寶襪煙消折倒得望眼將穿・甚日脂車萬里橋・

仙呂 桂枝香 寒夜書愁

清霜點嶠・元雲天老・四野來鵝管聲繁・寒堞上漏籌頻報・聽簾鈴迓風・聽簷鈴迓風・恍一似舊日笙

歌雅調更添我迴腸縈繞轉眼總虛飄池館人歸
後朱門氣寂寥

前腔

寒風嶛峭黃沙捲草瑤天凍碎隨墮瓊芳九微燼博
爐煙渺正嚴威勢侵正嚴威勢侵躭沉痾倩誰相
告着冷煖有誰相勞空自旅魂銷泣盡燈前淚家
園已棘蒿

前腔

俗情已掃生緣未了沒來繇兩字功名縴絆我一
生潦倒看澄月印潭看澄月印潭恰一似重昏夜
曉何日遂皈依真誥及早云脫塵囂回首青山近
仙娃拂袖招

珍倣宋版印

雙調北新水令　傷逝

一翻塵話夢栩空勞了半生心跡當日個帝城春色近今日個故國冷煙迷浮名似片瓦飛飛浮名似片瓦飛飛怎如那巢雲的伴孤松在萬山深處

南步步嬌

衝鋒蹈虎名韁事七首蒼龍勢無端貝錦詞以馬爲麋憑將心指何苦去辨是和非青蠅那願你真和似

北折桂令

沉埋了一場心事已成灰說甚的鷹揚廊廟總休提到如今綺疎寂寞冷煙脂芙蓉帳掩孤館人非度流光更如涉歲歷寒暑那辨推移載愁端了無

歸計·我呵·如今好息機·莫疑·怎得向叢桂山頭相邀佳趣·

南江兒水

休問君平技·休吟澤畔詩·算來五行已註生前事·勤王的不把黃金鑄·負薪的何處投知己·總是一場兒戲·到不如去飲炭吞冰·跣足佯狂塵市·

北鴈兒落帶得勝令

回首事·總乖離·千年調·已傾欹·想當日個綉戶文楣列着錦圍·青玉案·張着蓴鱠·紫葡萄·泛着瓊巵·寶雕闌·裁着蘭蕙·百和香·燒着獸灰·怨青輝·忽隨秋去·把從前事猛追·再思往·勞我神呆意癡呀·一重提·一重心醉·

珍倣宋版印

南僥僥令

鶺印流塵暗貂冠緫汙泥。便有那層臺花塢蛙聲嫦。怎得個環珮歸來月下遲。

北望江南

呀我只道畫堂春晝暖。樂庭幃。又誰知人去會無期。經不慣別離。況味事與心違。按歌喉送不到愁人枕際。我呵。淚灑灑痛伊淚灑灑痛伊這都是斷腸深處嶺猿悲。

南園林好

住幽居伴山人鬭雞。挈五老籬邊弈棋。徑臥着乾松蓬杞。吸石髓餌元芝。邛杖舉竹龍飛。

北沽美酒帶太平令

看王喬鳧舄歸·看王喬鳧舄歸·仙掌上白雲栖訪
故友山陰載酒回·喚秦娥採珠拾翠·聽青童演出
新詞·茶烹着武夷·雀嘴松棚上挂着軍持·矮茅簷
牽着薜荔池塘內·覷着游魚·我呵笑勞名的朝東
暮西·白眼看趨蹌路岐·呀亂黃塵再不上俺緇衣
雙袂·

尾聲

蠅頭蝸角誠虛器·瓦枕上黃粱睡起·門鎖蒼苔護
紫泥·

梁孟昭見詩緯卷十二正集十·卷三十五餘集
中·○孟昭字夷素·錢塘人·茅狀元瓚公
孫·文學九仍妻·有才·著山水吟等集·端淑曰·
夷素一代作手·爲女士中之表表者·其長短
詩歌·皆清新幽異·大小墨妙·遠過前人·所著
相思硯詞劇·情深而正·意切而韻·雖梁伯龍

珍倣宋版印

沈青門輩復出，亦當讓一頭地。

端淑曰：詩才易，曲學難。苦心吳歈，皓首難精。夷素才敏英慧，女中元白。每拈一劇，必有卓識。七夕感懷，破黃姑之妄；中秋月色，逗月姊之愁；感懷坡羊，寫兒女之衷腸；喜月黃鶯，盡蟾宮之佳趣；秋夜畫眉，似蛩嗥而慘切；秋後三日，剪寒衣而自傷。傳神寫炤，雄視騷壇，能不爲之擊節於雲欐之上也。

集賢賓 七夕感懷

雲霞阻隔天際頭。更何心貪玩牽牛。銀漢河殊江海溜。却教人目斷芳洲。魂消情逗。只落得兩眉空

皺愁難宥止有個對星低哾

前腔

滿懷離恨無限憂何心爲畫牽牛月裏佳人能自守笑多情織女偏愁今宵生受却也是眼前消受愁難宥更有個對燈低哾

黃鶯兒

星月一天幽炤人間乞巧羞何曾乞得些兒有終朝樂遊何須效尤綢繆無過添盃酒逞風流形骸對面一味是胡謅

前腔

對面弄虛頭鬼胡謅最可羞人間天上皆差謬他猜我愁儂疑你憂三星不及雙星透好因緣天長

珍倣宋版印

地久難昧許多時

猫兒墜

雙星相會欲聞幾更籌離合悲歡一夜週相思都在舌尖頭休休總說不盡那許多僝僽

前腔

一年懷抱堆積萬千愁那句先堪起話頭不如不說到還休堪羞露水樣夫妻也當廝守

尾聲

恩情總是休窮究一點關心難誘天上人間各自繇

黃鶯兒 中秋月色隱現朦朧寓中感懷

明月也含羞把重雲密布週嫦娥獨自蟾宮守天

一珍倣宋版印

成素秋人眈景幽人間天上都消受想因緣盈虛
圓缺總是一般愁

前腔

蟲也會吟秋似傳儂心上愁相思都被他說透嗟
嗟語悠聲聲淚流應心出口何其溜好清謳幸他
月裏還少這些幽

前腔

雲重怕擡頭恰年年眈此憂今年更比年年又輕
身浪遊孤身旅愁天涯骨肉應翹首恨悠悠離居
時節圓得月兒羞

前腔

織女罵牽牛怎無能家室謀羨他月姊能圓透牛

郎勸休何須怨尤笑他也只空圓就究因繇清光
雖滿元氣似還偷

山坡羊 感懷

雨瀟瀟涼秋時節韻啾啾寒蟲鳴咽便做是好襟懷也要啤嘸況兼着悶懷兒恰怎生寧貼空自嗟雙蛾能重耶自恨一時短計做了輕離別今日旅底淒涼泪珠凝血愁些望家鄉雲又遮癡呆似曾天杯影蛇

前腔

淚汪汪難支的歲月恨悠悠怎能得歡悦每日假好夢兒都把魂賒恰教人呪得心兒熱恨更嗟愁來無計遮自歎一生冷面不慣逢迎訣今日怎會

無端粧神粧乜悲耶好雙蛾簇壞此〻悲耶景蕭條燈影斜

前腔

歎兒郎愛做的西風客使儂嗟薄命的東風妾羞殺了托妻孥千里停車獨自個又作天涯別嗟更嗟人離鄉賤耶可憐也是侯門葉今日怎地無端乞隣餔啜悲此〻兒饑夢喚爹悲耶遙憐女念爺

前腔

眼睜睜歸期難說一行行鴈聲悽切沒忽地憶來時囑付此〻些〻怕如今料也都忘者愁似呆渾如着乜邪幸他筆解此〻兒也悶來時便把短篇長寫嗟嗟對寒風絺綌嗟嗟嗟采蘼蕪憶五笳

珍倣宋版印

黄鶯兒十七夜喜月代嫦娥

整貌出蟾宫。問人間可識儂。紅塵青眼徒驚哄。冰姿自容。丰神自融。清虚獨坐情珍重。夜溶溶。安排雲霧。好待受天風。

前腔

星宿侍西東。展光華。夜未中。纖雲不剩些兒奉。香生露濃。煙飛影空。沉沉萬籟無聲動。步𩚦𩚦。臨虚分付。好閉斗牛宫。

前腔

皓魄馭長空。喜今宵。度數沖。太陽不厭山川擁。時相炤儂。期將望隆。何愁晦朔精神懂。露濛濛。一天佳氣。都在廣寒宫。

前腔

不做美天公度霓裳曲未終參横斗轉雞聲動寅辰候躬啟明俟恭娑娑樹愛雙柯共影朣朧月兒西向紅日自升東

懶畫眉　秋夜感懷

蕭條時節怕黃昏又蚤黃昏喚掩門斜風細雨鬧紛紜履綦羞踏蒼苔印深院無人泣淚痕

前腔

燈燀無焰影沉沉蟲語聲聲生弔人西風韻冷暗驚神尋眠又奈衾兒潤斜倚薰籠拭泪痕

前腔

朦朧孤枕恨纔真夢遶天涯幻片雲驚鴻隨影過

珍倣宋版印

江濱仙風似把塵魂引吹醒羅浮花底身

前腔

夢迴雞塞遠無聞細雨濂䧟孤鴈嗔悽悽楚楚似呼羣乍增琴思忙和軫離恨難消絃亂押

一江風 中秋後三日寄懷

杳茫茫一派煙雲障錢塘在那廂何方是故鄉空教淚眼成凝望西風泪兩行西風泪兩行離居鄉夢長天涯歸思偏怏掌

前腔

夜初長月漸牆東上蟲聲字字傷相呼訊句忙似儂夢語詢親樣傳聞歲作荒傳聞歲作荒奚知災與祥田園蕪盡誰爲掌

前腔

暗思量·底事閑中想·愁容日減·芳菱花不管·央眉兒命帶崎嶇·相勞人詢故鄉·勞人詢故鄉修書望鴈行·幾番消息傳來詎·

前腔

快時光·鴈又嘹雲·唱羅衣怯晚涼·西風送雨狂砧聲韻得人癡想·離居在遠方·離居在遠方誰裁稱體裳·寒衣欲寄誰齎往·

沈蕙端字幽芳·吳江人·沈巢逸公孫女·伯明任·卜大荒甥·顧來屏妻·工詞曲·尚未刻·

端淑曰·詠物甚難·佛手柑巧亂天花紡紗女慧鏤冰鬪·變幻解脫·精思入雲·

金梧落粧臺 詠佛手柑

【金梧桐】兜羅羅握香，分現金身樣，把玩秋風，豈承露仙人掌。來從祇樹園，指點成千相，不須拳作降魔，却撮合慈悲向。傍粧臺可也，拈花一色晚籬黃。

封書寄姐姐 詠紡紗女

【一封書】他娘在錦機，促鮫梭，呼緯急，停針響繡帷，學蠶絲抽繭疾，似係蜂簧吟柳絮，雨夜風生冷怯衣。

【好姐姐】姜老矣，不比半天秋千戲，敢月暈嬙娥吐在圍。

郝湘娥 見詩緯卷十六正集十六卷三十五餘集中。○湘娥，保定人。修眉秀髮，容色麗娟。年十一，鬻於本地巨族實眉生家。年十六，能詩，能弈，又善繪花草人物。年及笄，遂爲其子鴻竹寵。尋有山陰崔仲平者，與京中大僚厚，而保定太守爲崔戚族。來晤，崔以太守妓宴之，出郝相見。及崔入京，大僚欲納妾，崔以郝告。實不允，拔入盜情下獄，自縊。郝在家，亦於是日自縊死。崔後爲竇生披頰而死。

端淑曰出詞。霏霏玉靄嫵媚。娟娟依人。紅牙新藻應付雪兒。

黃鶯兒 月夜

今夕是何年。向南樓。月正圓。相看總是嬋娟面。霞觴競傳。陽春共聯。盈盈笑語皆生豔且調絃莫教沉醉。爭倚玉郎肩。

前腔

玉宇迴無煙。到更深。與益添。庾樓樂事還應淺。人圓月圓。歌喧笑喧。石家金谷何須羨。漫留連平分秋色。狡兔乍離弦。

前腔

珍倣宋版印

桂魄自娟娟。笑嫦娥。鎮獨眠何如一隊同心串。冷冷管絃霏霏。篆煙金杯兢把檀郎勸更堪憐今宵情夢知道阿誰邊。

沈靜專 字曼君。吳江人。吏部詞隱先生璟公季女。所著適適草及散曲。

端淑曰。情詞兼到。可謂得家學之眞傳者。

膺服膺服。

懶鶯兒 舟次題秋

懶畫眉 風渚蕭疎竹千竿。次第閒鷗點幾灘。遙天青碾到雕欄。夢依誰遠。

黃鶯兒 落霞寒征帆幅幅欲渡奈秋殘。

呼祖 見詩緯卷十九正集附上。○祖字文如。江夏人。知詩詞。善琴能書畫蘭。與其姊齊名。或譌爲胡姓。歸民部郎丘齊雲。編次成編。名曰遙集編。

端淑曰刻骨尖酸之句四聲檀板舊腔中

得未曾有

皁羅袍四時詞

早是燈兒時節燕兒作疊對對攲斜榆錢兒買不得春風夜楊花兒故意飛殘雪門兒掩燈兒半滅人兒不見病兒怎說腰兒掩過裙兒摺

前腔

早是鶯兒時候見蓮花兒出水瓣瓣風流心兒慾火畏紅榴鼻兒酸涕過梅豆門兒重掩簾兒半鈎人兒不見病兒怎瘳扇兒摺疊眉兒皺

前腔

早是鴈兒天氣見露珠兒奪暑點點侵衣針兒七

珍倣宋版印

夕把腸剌砧兒萬戶敲肝碎門兒重掩帳兒半垂人兒不見病兒怎支書兒難寫心兒事

前腔

早是雪兒飄粉見梅花瀟灑蕊蕊爭春夢兒凍死也離魂氣兒呵殺全無影門兒重掩被兒半薰人兒不見病兒怎禁屏兒靠熱牀兒冷

蔣瓊瓊名妓也詳見武林張琪王煇所選吳騷二集內

端淑曰紅躑高聲須有一段出人情思不然是啞闕氏在白登城頭也瓊瓊於四時曉夜無時無妙思繞繚於花禽雪月之際沉吟之下腔板自生不待搦管而搜索也

桂枝香閨思有序見文緯春思

澄湖如鏡。濃桃如錦。心驚俗客相邀。故倚繡幃稱病。一心心待君。一心心待君爲君高韻風流清俊。得隨君半日桃花下。强如過一生。

前腔 夏思

碧蘭將綻。紅蕖初展。空憐金屋清幽。不共玉人歡晏。喜南薰可人。喜南薰可人把朱簾盡捲。獨憑池檻。侯郎舡試把郎新曲。微吟三兩篇。

前腔 秋思

詩篇久廢。秋涼應會。雖無白雪相酬。頗有黃花堪對。許多時未來。許多時未來有書難寄。悶懷如醉。問花枝何日東籬下。陶然共舉杯。

前腔 冬思

珍倣宋版印

寒深翠幙夢醒烏雅生憐雪片紛飛宛似梨花亂落更思君想君更思君想君無緣共酌獨吟紅閣望君河怎得殘煙外扁舟帶雪過

前腔　曉思

來驚天熱嘗乘曉月城頭已盡更籌湖上早多鳴楫這些時好來這些時好來東方動也北門開者七香車莫過荷香渚先爲小玉遮

前腔　夜思

堦前落葉煙中鳴楫總含萬疊青山簾捲半湖初月倚紅樓正思倚紅樓正思此心如結金錢懶跌喜君車扶醉還來也忙將繡被揭

楚　妓　湖廣人名妓也能書畫善音律名振三楚士大夫多與之交且色艷絕倫其曲

見最娛情

端淑曰此妓一曲遂擅名三楚動士大夫之鑒賞奇矣總之小聰明則有餘于風化則大有礙也然教坊中人非此又不能動人艷思也

黃鶯兒 寄友

風月擔兒拴上肩時難上難挑得的便是真鐵漢壓得人腿酸喘得人口乾半途中又恐怕繩索斷耐些煩一場辛苦脫卸了沒相干

馬守真 見詩緯卷二十五艷集上○守真又名月嬌字湘蘭小字元兒南京人風流絕代工詩書善蘭竹與王伯穀友善性好恬靜年五十七沐浴禮佛端坐而逝有詩二卷

端淑曰明眸皓齒張一孃李藥師髩鬀第一

珍倣宋版印

時並見・

錦纏道　閨思

本待學樹交枝・奇花並頭・歎息舊風流・到如今教人目斷神州・俺自有惜玉心・偎紅意・攀花素手・又何須慕功名・淚蹟閒遊・猛可裏自含羞・這恩情肯教人拖逗・待再和鳴鸞鳳儔・方顯得天長地久・在區區嚙冷笑淹留・

普天樂

謝多情歡娛厚・暫許我離不久・約春來約春來再聚綢繆・扇頭詩珍重藏收・似梅松竹友・最堪憐沈休文多病多愁・

古輪臺

幸書投片言句句暗藏鬮可堪機變參難透滾滾
流花紛紛飛絮分明是泛泛浮鷗俛首躊躇轉添
愁恨自慚宋玉又驚秋看你儀容清秀笑談間俊
雅温柔多管是思鱸張瀚畫眉京尹題痕君瑞欲
會苦無繇君同我未知何日見能否

尾聲

風塵何必勞奔走頃刻如同隔數秋有日君封萬
里侯

少年游 三生傳

笑臉開花顰眉鎖柳顰笑豈無繇且學倚門休教
刺繡又上晚粧樓

景翩翩 見詩緯卷二十四豔集上○翩翩字三昧建昌青樓女也與梅子庚有婚姻約

珍倣宋版印

不久之窮困以死然三昧家本盱江時時出游建安故王伯穀誤以爲閨中女子詩名散花吟伯穀卽爲作序

端淑曰度曲家每低聲以媚之不在勉强凑插而在過腔合節乃爲當行翩翩銀臺絳蠟絃索一絲不斷而神情慘澹心旌相向竹肉縹緲相隨而意緒纏綿舉盞移顧何必在多

金落索　冬思

金梧桐　銀臺絳蠟籠翠屋金鈎控錦帳紅爐獨自無人共月明初轉却　東甌令　小房櫳不放清光炤病容愁聽畫角聲三弄　針線箱　吹落梅花一夜風　解三醒　闘山夢　懶畫眉　魚沉鴈杳信難通　寄生子　孤眠人最怕隆

冬又值隆冬做不就鴛鴦夢

二犯江兒水 贈友

心旌相向想當日心旌相向情調初蕩漾把空花落相青鳥迴翔寄春心明月上粉蝶爲伊忙遊蜂還自嚷恩愛昭陽魂夢高堂恰便是含驪珠千□浪蕭寺行藏說甚麽蕭寺行藏臨卭情況可正是臨卭情況向天臺遇阮郎

李翠微 見詩緯卷三十四逆集○翠微米脂人逆賊李自成女自成僭稱大順皇帝改元永昌翠微封僞公主手刃賊將高梧又屢諫賊父自成不從逃至三楚倚某生母鄔氏後生返楚納以爲妾生恐禍及己遂埋名隱去不知所終

端淑曰不廢此者其猶貗猪艾猳之歌也歟案有寸鐵天其厭否吾將掩耳

山漁燈犯元宵豔曲

燈如晝。人如蟻。總爲賞元宵。粧點出錦天繡地。抵多少鬧攘攘笙歌喧沸試聞取今夕是何夕這相逢忒煞奇。輕輕說與他笑聲要低。雖則是燈影甚遮掩。也要慮露容光惹是非愛殺你果傾城婉麗。玉芙蓉害相思。經今日久。甫得效於飛。

錦庭樂

錦纏道笑他們振盈盈。村的悄的男女混相攜。更諠譁打着燈謎。滿庭芳且和你離芳街。步星橋。略尋徒倚。遞歌聲梅落穠李。響銅壺玉漏頻滴。普天樂一任他攘攘熙熙。偏咱巧遇是這上元之夕。

朱奴兒犯

一處處燈煇月輝·一陣陣喧填鼓鼙·一曲昇平賀聖禧大家羨皇都佳氣從今後歲歲如斯·

玉芙蓉

願和伊一雙永擬鳳鸞栖

六么令

夜闌風起·蕩春衫香靄遙飛·金鞭欲下馬頻嘶歸去也月西移·聽雲璈噫噫朱門裏·聽雲璈噫噫朱門裏·

尾聲

歸來重把闌干倚·慢慢的唱和新詩贈月娥·直等那斗轉參橫始掩屝·

珍倣宋版印

附錄一　吴蘋香手書曲稾真蹟

南吕 梁州新郎

梁州序首至合 空山流水疏籬曲港買箇探春畫舫神仙眷屬飛瓊生小無雙更有青蓮居士玉局才人老作湖山長謂梅麓先生梅花開遍也好平章算枝北枝南春正長賀新郎合至末咏絮格裁雲況鎮金釵弟子吟懷暢香不斷沁詩腸

前腔

梁州序首至合 銅坑西覽米堆東望七十二峯相向水邊竹外滄雲微雪斜陽只覺花如人瘦人似花清花與人無兩登樓

珍做宋版印

凝眺也敞軒窗看一片湖波接大江（賀新郎 合至末）春雨過春潮漲但春山都學眉兒樣風作佩水爲裳

前腔

（梁州序 首至合）熱紅塵此地清涼冷黃昏箇人踈放雛鬟嬌小累他頻負奚囊不信萬梅影裏片石峯頭設劍青綾障花神含咲也説荒唐怎今夜詞儒是女郎（賀新郎 合至末）柏月魄添霞想恍前身萼綠今生降在香雪海白雲鄉

節く高

粘花試晚妝颭釵梁香邊細酌葡萄釀胎禽讓翠羽帔
銀蟾亮分明人在瑤臺上仙手素袖乘風颺此會明年
定重來相逢縞袂原無恙

尾聲

玉臺新續梅花唱看花有精神玉有香從今後繡閣
應開玉照堂

奉題鄧尉探梅圖

雲裳賢妹正誤　蘋香吳藻未定藁

珍倣宋版印

附錄二　婦人曲話

盧冀野輯集

樊事真京師名妓也周仲宏參議嬖之周歸江南樊飲餞於齊化門外周曰別後善自保持毋貽他人之誚樊以酒埒地而誓曰妾若負君當刳此目以謝君子士何有權豪家來其母既迫於勢又利其財樊始則毅然終不獲已後周來京師樊相語曰別後非不欲保持卒爲豪勢所迫昔日之誓豈徒說哉乃抽金篦刺一目血流遍地周爲之駭然因歡好如初好事者編爲雜劇曰樊事真金篦刺目行於世（見青樓集）

劉盼春者汴梁樂工劉鳴高女年十八初定情於

汴人周恭。兩情甚篤。而恭父嚴禁之。不令往來。絕不通者凡半載。盼春杜門以待。有雲間富商賚金帛往。母必欲奪其志。固不應。加之箠楚。恭聞之。致書使且從母命。其略云。縱遠鶯朋燕友。難禁蝶使蜂媒。既屈月戶雲牕。莫吝雨期雲會。暫時依彼。將就瓦全。終日違他。恐防玉碎。因綴以詞。曰。阻佳期盼佳期。欲寄鸞箋鴈字稀。新詞和淚題。怕分離。又分離。無限相思訴與誰。此情風月知。蓋長相思也。盼春得詞。笑曰。妾豈常人比哉。既委身於子。可他適耶。居數日。復逼之。投繯而死。及火其尸。餘燼悉焚。而所佩香囊獨鮮好。取而發之。中存所得恭詞簡一紙。宛然如故。衆皆驚異。事在宣德七年。周藩

珍倣宋版印

誠齋爲傳奇曰香囊怨且自序以表其節焉（傳奇載書尚繁）

關中歌兒王蘭卿侍煖泉張子張子死乃飲藥死漢陂王太史九思聞而異之爲詞傳焉（南呂一枝花）飛騰鸞鳳林脫離烟花巷玉琢成清氣質鐵打就烈心腸貞無雙堪寫在書編上我這裏閤着筆細忖量他有那燕子樓許盼盼聲名他不比普救寺鶯鶯的勾當（梁州）他曾學孟光女齊眉舉案他勝似劉盼春守志香囊誰言紅粉兮虛誑也不用山盟海誓又何須剪髮燒香幾分毒藥三寸靈咽美甘甘滿滿沙糖纔落了軀縷縷一枕黃粱做一對鬼魂兒月下攜手同行變一個連枝樹

暮雨中盤根並長化一雙玉蝴蝶春前接翅飛揚比量細想風深自古多魔瘴不是咱虛褒奬恰便似忠臣與良將節凜冰霜（駡玉郎）蕙蘭心性花模樣當日箇正嬌小與才郎紅顔實有白頭望誰想道老境難緣分短斯文喪（感皇恩）呀也待要獨守孤孀又則怕蝶惡蜂狂道不如棄青春歸緣野葬黄壤相伴著作風清月朗道有箇地久天長爲則爲我逢郎想則想郎愛我願則願死隨郎（採茶歌）釵斷了金鳳凰被散了錦鴛鴦吉丁當帶脱了玉螳螂流水潑泉圍故里寒鴉衰柳噪斜陽（尾聲）想着他情如鳳友心中想命比鴻毛藥裏亡稱兩意須教共穴葬這一個真心的女娘不

一珍倣宋版印

負了畫眉張敞留與那萬古千秋做話兒講（見王渼陂碧山樂府嘗記正德中陝西盩厔縣一倡死節康太史海亦嘗爲傳奇記之）

蘇小卿廬州娼也與書生雙漸交昵情好甚篤漸出外久之不還小卿守志待之不與他狎其母私與江右茶商馮魁定計賣與之小卿在茶船月夜彈琵琶甚怨過金山寺題詩於壁以示漸云憶昔當年折鳳凰至今消息兩茫茫蓋棺不作橫金婦入地當尋折桂郎鼓澤晚烟迷宿夢瀟湘夜雨斷愁腸新詩寫記金山寺高掛雲帆上豫章漸後成名經官論之復還爲夫婦傳奇此亦談說家近俚俗然元人善詠之販茶舡金山寺豫章城雜劇仰

山脞錄。揚州李妙惠載其詩。爲盧進士妻。未知何據。

劉婆惜。樂人李四之妻也。江右人。與楊春秀同時。頗通文墨。滑稽歌舞。迥出其流。時貴多重之。先與撫州常推官之子三舍交好。苦其夫間阻。一日偕宵遁。事覺。決杖。劉負愧。將之廣海居焉。道經贛州。時有全普菴士里。字子仁。由禮尚書。值天下多故。選用除贛州監郡。平昔守官清廉。文章政事。數歷台省。但未免沈於花酒。每日公餘。卽與士大夫酣歌賦詩。帽上常簪花。否則或果或葉。亦簪一枝。一日。劉之廣海。贛謁全公。全曰。刑餘之婦。無足與也。劉謂閽者曰。妾欲之廣海。誓不復還。久聞尚書清

珍倣宋版印

譽獲一見而逝死無憾也仝哀其志而與進焉時
賓朋滿座仝帽上簪青草一枝行酒仝口占清江
引曲云青青子兒枝上結令賓朋續之衆未有對
者劉襝衽進前曰能容妾一辭乎仝曰可劉應聲
曰青青子兒枝上結引惹人攀折其中仝子仁就
裏滋味别只爲你酸留味兒難棄舍仝大稱賞由
是顧寵無間納爲側室後兵興仝死節劉克守婦
道卒於家（見青樓集）

江浙間路妓女有慧黠知文墨能於席上指物題
詠應命輒成者謂合生其滑稽含諷者謂之喬
合生蓋京都遺風也張安國守臨川王宣子解盧
陵郡印歸次撫安國置酒郡齋招郡士陳漢卿會

適散樂一妓言學作詩漢卿語之曰太守呼爲五馬今日兩州使君對席遂成十馬汝體比意作八句妓凝立良久即高吟曰同是天邊侍從臣江頭相遇轉情親瑩如臨汝無瑕玉宛作廬陵有脚春五馬今朝成十馬兩人前日壓千人便看飛詔催歸去共坐中書秉化鈞安國爲之嗟賞竟日賞以萬錢予守會稽有歌諸宮調女子洪惠英正唱詞次忽停鼓白曰惠英有述懷小曲願容舉似乃歌曰梅花似雪剛被雪來相挫折雪裏梅花無限精神總屬他梅花無語只有東風作主傳語東君且與梅花作主人歌畢再拜云梅者惠英自喻非敢僭擬名花姑以借喻雪者指士賴惡少也官奴因

言其人到府一月而遭惡子困擾者至四五故情見乎詞在流輩中誠不易得（洪邁夷堅志西閣寄梅記木蘭花詞與此全同所謂予守會稽者即邁也自其親值不應有誤）

梁園秀姓劉氏行第四歌舞談謔爲當代稱首喜親文墨作字極楷媚閒吟小詩亦佳所製樂府如小梁州青歌兒紅衫兒抧磚兒寨兒令等世久共唱之又善隱語其夫從小喬樂府亦超絕

張怡雲能詩詞善談笑藝絕流輩名重京師趙松雪商正叔高房山皆爲寫怡雲圖以贈諸名公題詩殆遍姚牧庵閻靜軒每于其家小酌一日過鐘樓街遇史中丞中丞下道笑而問曰二先生所往

可容侍行否姚云中丞上馬史於是屏騶從速其歸擕酒饌因與造海子上之居姚與闇呼曰怡雲今日有佳客此乃中丞史公子也我輩當爲爾作主人張便取酒先壽史且歌雲間貴公子玉骨秀横秋水調歌一闋史甚喜有頃酒饌至史取銀二錠酬歌席終左右欲撤酒器皆金玉者史云休將去留待二先生來受用姚偶言暮秋時三字闇曰怡雲續而歌之張應聲作少婦孩兒且歌且續曰暮秋時菊殘猶有傲霜枝西風了却黄花事貴人曰且止遂不成章張之才亦敏矣（並見青樓集）

盧疏齋摯別歌者珠簾秀以落梅風曲云纔歡說早間別痛煞煞好難割捨畫船兒載將春去也空

一珍倣宋版印

留下半江明月珠爲答前曲云山無數烟萬縷憔悴殺玉堂人物倚蓬窗一身兒活受苦恨不得隨大江東去（見太平樂府）

珠簾秀姓朱氏行第四雜劇爲當今獨步駕頭花旦軟末泥等悉造其妙胡紫山宣慰嘗以沉醉東風曲贈云錦織江邊翠竹絨穿海上明珠月瀉時風清處都隔斷落紅塵土一片閒情任卷舒挂盡朝雲暮雨馮海粟待制亦贈以鷓鴣天云憑倚東風遠映樓流鶯窺面燕低頭蝦鬚瘦影纖纖織龜背香紋細細浮紅霧斂彩雲收海霞爲帶月爲鉤夜來捲盡西山雨不着人間半點愁蓋朱微僂馮故以簾鉤寓意至今後輩有以朱娘稱之者（見

青樓集）

大都行院王氏有粉蝶兒一套。題爲寄情人。石榴花云。看了那可人江景壁間圖。糚點費工夫。比及江天暮雪見寒儒。盼平沙趁宿落雁無書。空隨得遠浦帆歸去。漁村落照船方住。煙寺晚鐘夕陽暮。洞庭秋月照人孤。全套曲文甚長。極悱惻纏綿之致。（見太平樂府卷八）

涵虛子轉錄趙孟頫語。謂娼夫詞曰綠巾詞。作者有趙明鏡張酷貧。紅字李二花。李郎輩。皆所謂娼家之夫。若王氏。珠簾秀。及青樓韻語所載劉婆惜。則是娼也。元代曲詞。且及娼女。可見作者之衆矣。

清代散曲漸衰。女曲人尤少。嘗見南陵徐積餘丈

珍倣宋版印

所刻小檀欒室百家閨秀詞有顧貞立栖香閣詞鈔附步步嬌殿前歡新水令駐馬聽四曲韻雖一致實不能成套其駐馬聽云宿雨朝煙霧浥胭脂紅數點閑庭小院惜花人起夢猶淹傍粧臺幾度懶臨鸞整淩波款步青苔蘚笑嫣然看朝陽一朶春光綻筆姿秀蒨宜出閨人之吻

吳綃字片霞又字素公號冰仙梅村先生女弟行也有嘯雪軒詩餘附黃鶯兒十首皆題畫詠花之作杏花云二月正芳晨賣花聲滿路春紅酥朶朶胭脂印海棠是後身緗桃是緊鄰美人粉汗含潮暈一枝新曲江筵上探使屬何人詞亦雋雅（亦見小檀欒室閨秀詞刊）

一珍倣宋版印

琴川吳逸香題葉小鸞眉子硯詞南步步嬌一套
黃天河以爲音節悲涼風神絕世其皁羅袍云落
日松陵古道歎荒烟蔓草遺塚蕭條桃花三尺豔
魂銷垂楊幾度啼鶯老春山翠黛秋風野蒿綠波
明鏡羅裙細腰珊珊應有芳魂到蓋詠佛雲修小
鸞墓事也

吳藻字蘋香仁和人有香南雪北曲計一小令五
套數嘗自恨爲女兒身描一男粧手影名曰飲酒
讀騷圖其題雲裳妹鄧尉探梅圖予嘗見其手迹
蓋圖爲友人梁衆異先生藏而中敏賞其載蘭因
集一套以陳雲伯爲小青菊香雲友三女士修墓
於西泠徧徵題詠而蘋香題仙呂入雙調一套內

皁羅袍云日日畫船簫鼓問湖邊豔迹說也模糊桃花三尺小墳孤棠梨一樹殘碑古春烟楊柳秋風荻蘆粉痕蛺蝶紅腔鷓鴣玉鉤斜誰把這招魂賦爲曲中最韶秀之品

一珍倣宋版印

孤本元明雜劇鈔本題記

◎馮沅君

國立北平圖書館專刊叢書

孤本元明雜劇鈔本題記

馮沅君著

商務印書館印行

孤本元明雜劇鈔本題記

一

孤本元明雜劇鈔本二十一册是國立女子師範學院圖書館鈔藏的。和册數恰相符，這個鈔本包含着二十一種雜劇，目錄是：

呂蒙正風雪破窰記

劉夫人慶賞五侯宴

鄧夫人痛哭存孝

狀元堂陳母教子

山神廟裴度還帶

董秀英花月東牆記

劉玄德獨赴襄陽會

立成湯伊尹耕莘

鍾離春智勇定齊

孤本元明雜劇鈔本題記

虎牢關三戰呂布
張子房圯橋進履
破苻堅蔣神靈應
陶母翦髮待賓
宋上皇御斷金鳳釵
鄭月蓮秋夜雲窗夢
劉千病打獨角牛
劉玄德醉走黃鶴樓
關雲長千里獨行
雁門關存孝打虎
狄青復奪衣襖車
保成公徑赴澠池會

二

所謂孤本元明雜劇，就是民國二十七年發現的明趙琦美（字元度，號清常道人）的脈望館鈔校本古今雜劇（註一）；牠在上海發現後，由教育部收買，商務印書館承印，而給予牠這樣一個名字。至於女師院鈔本的來歷，那又有番曲折。原來商務的印刷廠有平，滬，港三處，平，滬淪陷後，圖書的印行大都集中香港。三十年冬，孤本元明雜劇本已在港印成，誰知書尚未及運往後方，太平洋事變突起，香港因淪敵手，前此推行銷售的計劃都成泡影。當香港未淪陷時，商務總經理王雲五先生因事至渝，將新印的孤本元明雜劇隨身帶了一部。這就是商務承印脈望館鈔校本古今雜劇的結果，而這部書在後方確成了「孤本」。後來盧冀野先生向王先生借到這個「孤本」，攜回白沙鈔錄（註二），女師院圖書館則就盧先生的鈔本鈔得一部分。

我能够讀到這個鈔本，應該向胡小石先生致謝。他向女師院圖書館借得此書，並託人轉帶到三台這個僻遠的山城。

這個鈔本是不完整的，內容不及原書十分之一，但經過幾番玩索後，我却從牠得到些啓示。在下文，我願將所得的啓示就正於研治古劇的學人們。

二

孤本元明雜劇鈔本給我們的第一個啓示是元劇上演時各種脚色的服裝的考定。

研治劇史在中國雖已三十來年（註三），但關於這方面的著述却少精闢詳審的。就中最使人抱憾的是這些學者們只注意作者，作品，將劇場，道具以及其他與戲劇演出有關的事事物物都不經意的撇開。二十五年我寫古劇四考時，曾論到古劇的「搬演」，但因史料缺乏，其中待補正的地方不曉得有多少。和古劇四考同時，錢南揚先生發表了篇宋金元戲劇搬演考（註四）。可惜得很，這篇論文也嫌太簡略些。日本人青木正兒中國近世戲曲史的第十五章是「劇場之構遺及南戲之脚色」，可是他所論述的偏重在「近百年來戲場之制」，古代的一部分不獨簡略，且有誤解史料的嫌疑（註五）。今春讀孤本元明雜劇鈔本，我突然感到沙漠旅行者獲得綠洲時的喜悅，這部奇書使我們知道元劇上演時各脚色如何「妝裹」。

孤本元明雜劇鈔本只有二十一種劇，附有「穿關」的凡十五種（註六）。「穿關」的功用在說明某劇某折某脚色出場時應穿戴的衣冠。如狄青復奪衣襖車一折的「穿關」：

范仲淹：兔兒角幞頭，補子圓領，帶，蒼白髯。

張千：圓領，項帕，褡膊。

狄青：攢頂，藍曳撒，項帕，褡膊，三髭髯。

正末王環：茶褐直身，縧兒，蒼白髯。

狄青又上：同前（註七）。

「穿關」之所以得名可妄釋如次。「穿」應是穿戴之穿，「關」或如「關目」之關，大約因為其中所臚列的衣冠都與該劇的「關目」有關。所以名為「穿關」。

這附有「穿關」的十五種劇都見於明鈔本，因此這些「穿關」頗有不出於元代的嫌疑。為解釋這種嫌疑，我們提出三個反證。在鄧夫人痛哭存孝的「穿關」中，李存孝戴的是虎磕腦盔，穿的是虎皮袍，用的武器是鐵燕撾（註八）。李存孝這樣打扮在元劇中是有旁證的。雁門關存孝打虎這樣寫着：

（李克用云）既然與我作義兒，改名喚做李存孝。你用甚麼衣袍鎧甲？我關與你。（正末云）父親，你孩兒不用衣袍鎧甲，就用這死虎皮做一個虎皮磕腦，虎皮袍，虎筋縧。孩兒自有兩般武器：渾鐵鎗，飛撾（註九）。

鄧夫人痛哭存孝這樣寫着：

（李克用云）媳婦兒也，你也辭我一辭去，怕做甚麼？將那祭祀的物件來。將虎磕腦，螭虎帶，鐵飛撾供養在存孝靈前。……曾打虎在山峪之中，破賊兵禁城之內，撾打死耿彪，立誅三將，殺壞五虎，……（註十）。

不獨李存孝的化妝有元劇作根據，卽虎牢關三戰呂布中呂布出場時頭戴三叉冠，上插雉雞翎（註十一）也是元人的主意。該劇三折，呂布自述他的裝束道：

（呂布領卒子上云）紫金冠分三叉，紅抹額茜紅霞，絳袍似仗火，露鎖繡團花……（註十二）。

合折，張飛唱迎仙客也形容呂布道：

呂布那三叉紫金冠上𦑣插着雉尾，他那百花袍鎧是堂貌，那一匹衝陣馬遠觀恰似火炭赤（註十三）。

又考鄧夫人痛哭存孝，劉夫人慶賞五侯宴二劇中，李克用妻劉夫人皆戴罟罟帽（註十四）。「罟罟」或作「括罟」，這樣帽子也見元人劇中。太和正音譜載無名氏雜劇中有罟罟旦。天一閣本錄鬼簿載無名氏雜劇中有括罟旦，牠的題目正名是：「風雪當站兀剌赤，像生番語括罟旦」。罟罟旦之得名殆如貨郎旦。貨郎旦的女主脚是個唱貨郎兒的，罟罟旦的女主脚大約是個戴罟罟帽的。這樣帽子在元代是貴婦人戴的（註十五），劉夫人戴這個帽子頗合她的身分。根據李存孝，呂布，和劉夫人這三條反證，我們敢假定：這十五種雜劇雖是明鈔本，但其中「穿關」縱不全是元人設計的，而與元代劇場所用的應該相去不遠。我們不否認明人於此有所增減，可是所增減的應該是有限度的。我們研究元劇的服裝不妨用牠作史料。

拿這十五種劇的「穿關」作材料，我們作成後面幾個表。

一、冠類（計四十六種，男脚用。）

幞頭——幞頭只一見於裴度還帶四折。戴者爲狀元裴度。

花插幞頭——花插幞頭只一見於陳母教子。戴者爲二折探花陳良佐，因疑牠或即幞頭之插花者。

兎兒角幞頭——戴兎兒角幞頭的都是職位極高的文官，尚書，宰相之流。如將神靈應二折的謝安，伊尹耕莘二折的仲虺，智勇定齊一折的晏嬰等。謝安是吏部尚書，仲虺是右丞相，晏嬰是上大夫。

展角幞頭——展角幞頭只見於陳母教子一劇。戴者皆爲狀元，如一折的陳良資，陳良叟，二折的王拱辰，三折的陳良佐。

簪纓公子冠——簪纓公子冠見於三個劇中：伊尹耕莘二折的方伯天乙，智勇定齊一折的齊公子，澠池會楔子的秦昭公，三人都是諸侯。

鳳翅盔——戴鳳翅盔的多是重要將領。如黃鶴樓一折的魯肅，蔣神靈應楔子的劉牢之，圯橋進履一折的蒙恬等。魯自言『佐於江東孫權手下爲將』，劉的官職是前部先鋒，蒙恬是秦國大將。

皮盔——戴皮盔的武將多數是淨腳。如襄陽會一折的蒯越，蔡瑁，圯橋進履三折的鍾離昧等。劉琮稱蒯蔡爲『二將』，鍾離昧自稱爲『大將』，三人同是淨。

撒髮盔——撒髮盔只一見於衣襖車二折。戴者爲狄青。

虎磕腦盔——虎磕腦盔只一見於痛哭存孝一折。戴者爲李存孝。說詳前。

紅碗子盔——戴紅碗子盔的都是卒子。伊尹耕莘上折，黃鶴樓一折，圯橋進履三折的卒子可爲例。

襯盔帽——襯盔帽只一見於戳呂布三折。戴者爲孫堅。孫堅爲呂布所敗，棄衣甲頭盔於林中，故只戴襯盔帽。

奓簷帽——戴奓簷帽的多是高級武官。如黃鶴樓一折的周瑜，蔣神靈應二折的謝玄，圯橋進履三折的韓信等。韓信謝玄都是元帥，周瑜是大將。

皮奓簷帽——戴皮奓簷帽的也多是重要武官，但時常是淨腳。如伊尹耕莘二折的陶去南，黃鶴樓一折的劉封，圯橋進履三折的樊噲等。陶去南自稱元帥，劉封與趙雲鎮守赤壁，樊噲是「輔弼大將」，故皆爲武官，且劇中都註明是淨。

攢帽——攢帽只一見於陳母教子一折。戴者爲「街坊」。

練垂帽——練垂帽只見於二劇中：痛哭存孝一折，慶賞五侯宴一折。戴者都是番卒子。

練垂狐帽——練垂狐帽只一見於痛哭存孝一折。戴者爲兩番將，李存信與康君利。

錦大帽——錦大帽只一見於衣襖車二折。戴者爲飛山虎劉慶。

纓子大帽——纓子大帽只一見於風雪破窰記一折。戴者爲無賴左尋，淨脚。

雙鶯鋼叉帽——雙鶯鋼叉帽只一見於風雪破窰記一折。戴者爲右趨，淨脚。

氈帽——戴氈帽的多數是無官職，無智識，甚且無行的人。如陳母教子一折報登科的人，伊尹耕莘一折的村夫伴哥，慶賞五侯宴三折欺陵貧困的趙揪牸等。

僧帽——僧帽只見於二劇。風雪破窰記二折，裴度還帶二折的長老都戴此帽。

嫗墩帽——嫗墩帽只見於二劇。戴者爲痛哭存孝一折的李克用，慶賞五侯宴一折的李嗣源，三折的孟知祥，劉知遠。這些人都是重要的番將。

紅氈帽——紅氈帽只一見於黃鶴樓三折。戴者爲淨脚于樊。

小帽——小帽只見於二劇。病打獨角牛三折的「部署」與「打擂」人，澠池會四折的藺相如都戴此帽。「部署」與「打擂」人的地位都低微，相如此時才在病中，這大約是種便帽。

狐帽——狐帽只見於慶賞五侯宴三折。戴者爲李亞子，石敬塘，李從珂。

雙簷氈帽——戴雙簷氈帽的多是無官職的鄉下人。如伊尹耕莘一折的王留，病打獨角牛一折的折拆驢，慶賞五侯宴的一折的趙太公等。

氈紅帽——氈紅帽只一見於病打獨角牛一折。戴者是淨脚世不飽。

白氈大帽——白氈大帽只一見於病打獨角牛二折。戴者爲獨角牛馬用。

回回帽——回回帽只見於一劇。衣襖車二折及三折。戴者爲回回卒，探子。就「回回」二字看，牠無疑的是番人所用。

回回錦帽——回回錦帽只一見於衣襖車二折。戴者爲番將史牙恰。

三山帽——三山帽只見於二劇中，黃鶴樓一折的趙實，二折的關平，襄陽會一折的趙實。

道冠——道冠只一見於蔣神靈應楔子。戴者爲廟祝。

捲雲冠——捲雲冠只一見於黃鶴樓一折。戴者爲諸葛亮。

三叉冠——戴三叉冠的多數是武將。如智勇定齊一折的田能，衣襖車二折的眘雄，澠池會楔子的白起等。田能爲統軍上將軍，眘雄，白起都是大將。

如意蓮花冠——如意蓮花冠只一見於伊尹耕莘楔子。戴者爲東華子。

如意冠——如意冠只一見於伊尹耕莘楔子。戴者爲文曲星。

犀角冠——犀角冠只一見於衣襖車二折。戴者爲番將李滾。

披廈冠——披廈冠只一見於慶賞五侯宴三折。戴者爲大將王彥章。

紗包頭——用紗包頭的多是大家僕役，或鄉間無職業的人。如圯橋進履三折的「行錢」，風雪破窰記一折的家童，病打獨角牛一折的「禾倈」等（註十六）。

氈帕——氈帕只一見於伊尹耕莘二折。用牠的是裔卒子（註十七）。

一字巾——戴一字巾的多是無官職而身分並不下賤的人物。如風雪破窰記一折的窮書生呂蒙正，裴度還帶一折的財主王員外，伊尹耕莘一折的隱士余章等。

滲青巾——滲青巾殆是關羽所特用。牠只見於三劇：黃鶴樓四折，戰呂布一折，襄陽會一折。戴者都是關羽。

包巾——包巾殆是張飛所特用。牠只見於三劇：黃鶴樓四折，戰呂布一折，襄陽會一折。戴者都是張飛。

散巾——戴散巾的多是未得官職的文士或隱者。如裴度還帶一折的裴度，伊尹耕莘二折的伊尹，襄陽會楔子的司馬徽等。裴度時未得官，伊尹時無意功名，司馬徽則是正牌的隱士。

方巾——方巾只一見於裴度還帶四折。戴者爲一山人。

秦巾——秦巾殆是道者所戴的。牠只見於三劇中：伊尹耕莘楔子的仙童，襄陽會楔子的道童，圯橋進履一折的黃石公。

二、衣類之一（計四十七種，男腳用。）

藍直身——藍直身只見於病打獨角牛一劇，一折與二折的劉千，四折的出山彪都穿此衣。

靑直身——靑直身只見於二劇。穿者爲裴度還帶四折的山人，慶賞五侯宴一折的趙太公。

補納直身——補納直身應是貧人的衣服。如裴度還帶一折的裴度，風雪破窰記一折的呂蒙正（二人皆窮書生），黃鶴樓三折的姜維（時化妝爲漁人）等。

茶褐直身——穿茶褐直身的率無官職，且多是老人。如伊尹耕莘一折的伊員外，痛哭存孝一折的「李老」，衣襖車一折的王褒（褒時爲退職軍官，年已老大）等。

藍曳撒——藍曳撒只見於 劇中。澠池會四折的藺相如，衣襖車一折的狄靑並穿此衣。時相如在病中，狄靑爲軍健，這種衣服或許是官吏們的便服，無官職者也可穿。

膝襴曳撒——穿膝襴曳撒的多數是武將。如襄陽會一折的趙雲，蔣神靈應楔子的謝石，衣襖車二折的史牙恰等。

蟒衣曳撒——穿蟒衣曳撒的多數是高級將官。如痛哭存孝一折的李存孝，黃鶴樓一折的周瑜，蔣神靈應一折的符堅等。

圓領——穿圓領的常是無功名的人或大家的「親隨」。如陳母教子楔子的陳良資，陳良叟（時二人皆未及第），裴度還帶一折的王員外，澠池會一折的「親隨」等。

補子圓領——穿補子圓領的多數是高級文官，尙書，宰相之流。如伊尹耕莘二折的仲虺，襄陽會三折的曹操（左丞相），蔣神靈應二折的謝安等。

道袍——道袍只一見於裴度還帶二折。穿者爲道人趙野鶴。

邊襴道袍——邊襴道袍是隱士或仙人穿的衣服。如伊尹耕莘楔子的仙童，襄陽會楔子的司馬徽，圯橋進履一折太白金星等。

紅雲鶴道袍——紅雲鶴道袍只一見於黃鶴樓一折。穿者爲諸葛亮。

袍——穿袍的多是武將。如黃鶴樓一折的趙雲，蔣神靈應楔子的謝石，圯橋進履一折的蒙恬等。

黃袍——黃袍殆是劉備所特用的。在黃鶴樓一折，戰呂布一折，襄陽會一折中，劉備都穿此衣。

紅袍——紅袍殆是關羽所特用的。在黃鶴樓一折，戰呂布一折，襄陽會一折中，關羽都穿此衣。

皂袍——皂袍殆是張飛所特用的。在黃鶴樓四折，戰呂布一折，襄陽會一折中，張飛都穿此衣。但慶賞五侯宴三折的王彥章也如此，故與紅袍，黃袍微有不同。

上衫袍——上衫袍只見於三劇中。伊尹耕莘二折的方伯天乙，智勇定齊一折的齊公子，澠池會楔子的秦昭公都穿此衣。

虎皮袍——虎皮袍只一見於痛哭存孝一折。穿者爲李存孝。說詳前。

皮襖——皮襖只一見於痛哭存孝一折。穿者爲番將李存信，康君利。

毛襖——毛襖只見於二劇。痛哭存孝一折的李克用，劉夫人，慶賞五侯宴一折的李嗣源，三折的李亞子，石敬瑭等都穿毛襖。這種衣服似乎不分男女，同時穿者多是番中要人。

錦襖——穿錦襖的多數是勇武的人。如病打獨角牛二折的馬用，三折的劉千，慶賞五侯宴三折的王彥章等。馬劉都是力士，王彥章有「萬夫不當之勇」。

襴衫——襴衫只一見於陳母教子楔子。穿者爲尚未取得功名的陳良佐。

紅襴——紅襴只見於陳母教子一劇。一折陳良資，陳良叟，二折王拱辰，三折陳良佐，都是狀元，都穿此衣。

綠襴——綠襴只一見於陳母教子二折。此時陳良佐是探花，穿綠襴，後中狀元便穿紅襴，故在官級上牠應次於紅襴。

襴——襴只一見於裴度還帶四折。穿者爲狀元裴度，故疑牠是紅襴的簡稱。

如意裙——如意裙只見於三劇。穿者爲病打獨角牛二折的馬用，三折的劉千，慶賞五侯宴三折的王彥章，衣襖車三折的探子。除探子外，馬，劉，王都是勇武有力的人。

火裙（註十八）——火裙只見於三劇。伊尹耕莘二折的方伯天乙，智勇定齊一折的齊公子，澠池會楔子的秦昭公，這三個穿火裙的都是諸侯。

戰裙——戰裙只一見於痛哭存孝一折。穿者爲番將李存信，康君利。

僧衣——僧衣只見於風雪破窰記二折，裴度還帶二折。穿者爲長老與行者。

道衣——道衣只一見。蔣神靈應楔子的廟官著此。

袈裟——袈裟只一見。風雪破窰記二折的長老著此。

鶴氅——鶴氅只二見。伊尹耕莘楔子的東華子，文曲星著此。

棉布襖——穿棉布襖的多是農夫或其他貧賤人物。如伊尹耕莘一折的王留，病打獨角牛一折的「禾倈」，衣襖車二折的店小二等。

棉布氈——穿棉布氈者身分常與穿棉布襖者相同。如伊尹耕莘一折的王留，黃鶴樓二折的「禾倈」，衣襖車二折的王寰等。王寰雖曾爲軍官，但此時已退伍歸田。

補子貼裏——穿補子貼裏的是風雪破窰記一折的右謎，澠池會三折的范當災。二人並屬淨脚。

膝襴貼裏——穿膝襴貼裏的多數是淨脚或不重要的脚色。如伊尹耕莘二折的盜入巢，將神靈應一折的慕容垂，病打獨角牛三折的「部署」等。

藍貼裏——藍貼裏只見於二劇。穿者爲戰呂布三折的孫堅，病打獨角牛三折的「打擂」人。

虎兒斑丟袖貼裏——虎兒斑丟袖貼裏只見於二劇。痛哭存孝一折與慶賞五侯宴一折的番卒子並著此。

藍絹袴——藍絹袴只見於病打獨角牛三折，馬用著此。方心曲領——方心曲領同上衫袍一樣殆亦諸侯所服。伊尹耕莘二折的方伯天乙，智勇定齊一折的齊公子，澠池會楔子的秦昭公皆其例。

掩心甲——掩心甲乃武將所服，但穿的人多是淨脚。如伊尹耕莘二折的盜入巢，衣襖車楔子的黃軫，圯橋進履三折的鍾離昧等。

青布釘兒甲——青布釘兒甲是卒子的衣服。如戰呂布一折，慶賞五侯宴一折，與澠池會楔子的卒子等。

比甲——比甲只見於二劇：風雪破窰記一折的左尋與慶賞五侯宴三折的劉知遠並著此。

青衣——穿青衣的率皆僕役或無功名的人。如風雪破窰記一折的家童，裴度還帶一折的家童，慶賞五侯宴三折的趙揪靜等。

法墨——法墨這只一見於衣襖車二折。劉慶著此。

褡膊——褡膊的用途極廣，下而僕役，卒子，上而諸侯，中則將官都用到牠。如風雪破窰記一折的家童，衣襖車三折的卒子，智勇定齊一折的齊公子，黃鶴樓一折的趙雲等。

直纏——武將很少不用直纏的。如痛哭存孝一折的李存孝，黃鶴樓一折的趙雲，襄陽會一折的張飛等（註十九）。

三、衣類之二（計七種，女腳用。）

裙兒——老少貧富婦女幾乎不穿裙。如風雪破窰記一折的劉月娥，梅香，裴度還帶四折的韓夫人，伊尹耕莘一折的趙淑女等。劉是大家小姐，梅香是婢女，韓是官太太，趙是土財主的女兒。

膝　裙——膝　裙只一見。風雪破窰記四折，狀元呂蒙正妻劉月娥著此。

補納裙——補納裙是貧家婦女的衣服。裴度還帶二折的韓夫人，韓瓊英並著此。時瓊英母女極貧。

襖兒——襖兒同裙兒一樣也是婦女常穿的，但貴婦人多不著此。如伊尹耕莘一折的趙淑女，智勇定齊一折的無鹽女（農家女），慶賞五侯宴一折的李氏（貧婦）等。

補子襖兒——補子襖兒是富貴婦女的衣服。如風雪破窰記一折的劉月娥，裴度還帶四折的韓夫人，痛哭存孝一折的劉夫人等。

補納襖——穿補納襖者的身分與穿補納裙者同，如風雪破窰記二折的劉月娥（時爲窮書生呂蒙正妻），裴度還帶二折的韓夫人，韓瓊英等。

比甲襖兒——穿比甲襖兒的婦女地位多低下。如風雪破窰記一折的梅香，三折的媒婆，黃鶴樓二折的伴姑兒等。

四、鞋襪類（計六種。五種男脚用，一種女脚用。）

八答鞋——穿八答鞋的多是勇武的人。如病打獨角牛三折的劉千，慶賞五侯宴三折的王彥章等。惟衣襖車三折的探子也如此，未知何故。

鞝鞋——穿鞝鞋的多爲農人。如伊尹耕莘一折的王留，伴哥，病打獨角牛一折的『禾俫』等。

布襪——穿布襪的只有衣襖車三折的探子，圯橋進履二折的黃石公。

腿綳護膝——用腿綳護膝的只有病打獨角牛三折的劉千，衣襖車三折的探子。牠好像是同八答鞋配合起來用的。

行纏——用行纏的只有慶賞五侯宴三折的王彥章，衣襖車二折的劉慶。牠也彷彿與八答鞋有連帶關係，劉慶也穿八答鞋（註二十）。

布鞋襪——婦女穿布鞋襪的頗多。如風雪破窰記三折的媒婆，裴度還帶二折的韓瓊英，慶賞五侯宴一折的李氏等。

五、頭飾類（計八種，女脚用。）

鬏髻頭面——鬏髻頭面只一見。風雪破窰記四折的劉月娥戴此。劉時爲狀元呂蒙正妻。

鬏髻箍兒——鬏髻箍兒疑是貧賤婦女所用的。如風雪破窰記一折的梅香，黃鶴樓二折的伴姑兒。牠只見於此二劇。

搨頭手帕——用搨頭手帕的多是老婦人或貧婦人。如陳母教子楔子的馮氏，風雪破窰記二折的卜兒，慶賞五侯宴一折的李氏等。

鬏髻手帕——鬏髻手帕疑是貧賤婦女所用。如風雪破窰記三折的媒婆，智勇定齊一折的茶旦等。

手帕——用手帕的多是貧賤人。如風雪破窰記二折的劉月娥，裴度還帶二折的韓瓊英等。惟澠池會四折的藺相如，以男脚用手帕，未免怪異，也許因爲他此時正在病中。

眉額——眉額只見於三劇。陳母教子楔子的馮氏，風雪破窰記二折的卜兒，智勇定齊一折的卜兒，三人都是老婦人。

花箍兒——花箍兒只見於三劇，用牠的都是少年女子：風雪破窰記一折的劉月娥，智勇定齊一折的鍾離春（無鹽女），陳母教子楔子的陳梅英。

罟罟帽——罟罟帽見於痛哭存孝一折，慶賞五侯宴四折，戴者皆是劉夫人（註二十一）。

六、帶類（計六種，男脚用。）

帶——帶是文武官吏所同用的。武官如慶賞五侯宴三折的王彥章，襄陽會一折的趙雲等。文官如襄陽會三折的曹操，蔣神靈應二折的謝安等。

縧兒——用縧兒的多是無官職的人，如伊尹耕莘二折的伊尹（時尚未仕），智勇定齊老兒，圯橋進履三折的黃石公等。

蠻帶——蠻帶只見於兩劇，風雪破窰記一折的左尋，右擲，病打獨角牛三折的「部署」對「打擂」人。左尋，右擲並是流氓，「部署」與「打擂」人地位也都低下，蠻帶大約非貴人所用。

鉤子困帶——鉤子困帶只二見。風雪破窰記一折的劉員外，伊尹耕莘一折的伊員外用此。

偏帶——用偏帶的多是狀元。如陳母教子一折的陳良資，陳良叟，二折的王拱辰，三折的陳良佐，裴度還帶四折的裴度等。

鬧裝帶——鬧裝帶三見於衣襖車：二折的昝雄，史牙恰，三折的李滚。三人皆是番將。

七、巾類（計六種，男脚用。）

白手巾——白手巾似爲番人所用。祂只見於衣襖車一劇，二折的昝雄，回回卒，史牙恰，三折的李滾，徠子。

錦手巾——錦手巾只見於衣襖車，二折的昝雄，三折的李滾並用此。

間道手巾——間道手巾只見於衣襖車三折，用者爲史牙恰。

花手巾——用花手巾的多是農人或小商人。如伊尹耕莘一折的王留，伴哥，病打獨角牛一折的『禾俫』，衣襖車二折的店小二等。

項帕——僕役將官等類人都用項帕。如風雪破窰記三折的張千，澠池會一折的『親隨』，伊尹耕莘二折的蹬入巢，黃鶴樓一折的趙雲等。

海鮫項帕——海鮫項帕四見於衣襖車：二折的昝雄，史牙恰，三折的李滾，探子（註二十二）。

八、鬚髮類（計十一種，男脚用。）

三髭髯——三髭髯是諸侯，文武官吏，儒士，隱者，鄉里富翁都可以用的髯鬚。儒士如陳母教子楔子的陳良資，陳良叟；諸侯，文官，隱者如伊尹耕莘二折的方伯天乙，仲虺，余章；武官如圯橋進履三折的韓信；富翁如同劇二折的李長者。同時用這種髯鬚的人十之八九性行端正。

蒼白髯——蒼白髯是年歲較長的人用的。如陳母教子楔子的『街坊』，痛哭存孝二折的李老，智勇定齊一折的李老等。用蒼白髯的脚色多拄杖。

白髯——白髯代表年紀高邁，但不常用。只圯橋進履一折的太白金星，二折的黃石公如此。

猛髯——猛髯似是身猛急躁的人用的。如痛哭存孝一折的李存孝，黄鶴樓四折，戰呂布一折，襄陽會一折的張飛，病打獨角牛二折的馬用等。

三髯髭——三髯髭只見於痛哭存孝一折，衣襖車二折。前者是小末尼，後者是沓雄。

三髭鬚——三髭鬚只見於慶賞五侯宴一劇：一折李嗣源，三折葛從周（註二十三）。

白髮——白髮只見於圯橋進履一折，太白金星用此。

僧陀頭——僧陀頭凡二見，用的人都是行者：風雪破窰記二折與裴度還帶二折。

雙髽髻髮陀頭——用雙髽髻髮陀頭的只有圯橋進履一折的喬仙。

蒼白髮陀頭——用蒼白髮陀頭的只有慶賞五侯宴三折的王彥章。

攢頂——用攢頂來化妝的多是地位低微的人。如風雪破窰記三折的張千，伊尹耕莘一折的李老人，衣襖車二折的「車頭」等（註二十四）。

九、雜類（計三十四種）

牌子——用牌子的是伊尹耕莘楔子的文曲星和東華子，二人都是神仙。

車扛——車扛只一見，衣襖車二折的「車頭」用此。

玎璫——用玎璫的是諸侯或神仙。諸侯如智勇定齊一折的齊公子，神仙如伊尹耕莘楔子的文曲星。

圭——用圭者的身分與用玎璫的相同。諸侯如澠池會楔子的秦昭公，神仙如伊尹耕莘楔子的東華子。

傢兒——傢兒卽是假娃娃，故用牠的都是女脚：伊尹耕莘一折的趙淑女，慶賞五侯宴一折的李氏。

漁鼓——用漁鼓的只有圯橋進履一折的喬仙。

簡子——簡子只見於圯橋進履一折，用者爲喬仙。

劍——劍的用途極廣，卒子，將官大都有劍。如伊尹耕莘二折的鵲入巢，黃鶴樓一折的卒子，慶賞五侯宴一折的李嗣源等。

皮條布袋——皮條布袋殆是番人所用。牠只見於痛哭存孝，慶賞五侯宴二劇。前者如李存信，康君利（一折），後者如番卒子（一折）。

闊裝布袋——闊裝布袋似亦與番人有關。用牠的如痛哭存孝一折的李克用，慶賞五侯宴三折的劉知遠等。

拄杖——男女老人並用拄杖。如陳母教子楔子的馮氏，伊尹耕莘一折的李老人，慶賞五侯宴楔子的趙太公等。

笏——用笏的只有陳母教子一折的陳良資，陳良叟，二折的陳良佐，蔣神靈應楔子的廟官。

皂帽——皂帽只一見，衣襖車三折的探子用此。

數珠——數珠是長老的用物，見風雪破窰記二折，裴度還帶二折。

刀——刀只見於三劇，却都與番人有關。痛哭存孝一折的李存信，康君利。慶賞五侯宴一折的番卒子，衣襖車二折的回回卒。

鐵燕撾——鐵燕撾見痛哭存孝一折，李存孝所專用；說詳前。

弓箭——弓箭見衣襖車二折，狄青用。

引魂旛——引魂旛見痛哭存孝三折，鄧夫人用。

羽扇——羽扇見黃鶴樓一折，諸葛亮用。

樓扇——樓扇見襄陽會楔子，司馬徽，徐庶用。

竹節鞭——竹節鞭見黃鶴樓四折，戰呂布二折，襄陽會一折，並張飛所用；又見衣襖車二折，狄青所用。

籃——智勇定齊二折的茶旦與正旦並攜籃。

鞘——鞘見戰呂布二折，呂布用。

比里罕——比里罕見衣襖車二折，回回卒用。

回回鼻——回回鼻見衣襖車二折，回回卒用。

執袋——執袋見圯橋進履一折與二折，太白金星，黃石公用。

閃竿——閃竿見病打獨角牛三折，「部署」用。

銀錠——銀錠見病打獨角牛，二折屬馬用，三折屬劉千。

鬼頭——鬼頭見蔣神靈應楔子，「鬼力」用。
雉雞翎——雉雞翎見戰呂布一折，呂布用。說詳前。
抹額——武將時用抹額。如戰呂布一折的呂布，澠池會楔子的白起，衣襖車二折的狄青等。
裙扇——裙扇似為隱士所特用。牠只見於襄陽會楔子，圯橋進履一折及三折。用者是龐德公，太白金星，張良。
錦綬牌子——錦綬牌子似為諸侯所特用。如智勇定齊一折的齊公子，澠池會楔子的秦昭公等。
紮腕——紮腕見病打獨角牛三折，「部署」與「打擂」人用此。

從以上九項的說明裏，對於當時各腳的化妝，我們可以歸納出六項標準來：

一、番漢有別。如中國兵戴紅碗子盔（參看伊尹耕莘），番兵戴回回帽（參看衣襖車）。

二、文武有別。如文官的帽子常是幞頭（參看蔣神靈應），武官則多是盔（參看圯橋進履）。

三、貴賤有別。如青布釘兒甲是卒子穿的（參看戰呂布），高級將領則穿蟒衣曳撒（參看黃鶴樓）。

四、貧富有別。如襖兒是一般婦女穿的（參看伊尹耕莘），補納襖兒是貧窮婦女穿的（參看裴度還帶），補子襖兒則穿者非富即貴（參看風雪破窰記）。

五、老少有別。如用花箍兒的是少年女子（參看智勇定齊），用眉額的是老婦人（參看陳母教子）。

六、善惡有別。如奓檐帽是一般重要武人戴的（參看黃鶴樓），皮奓檐帽則戴者雖也是武將，但其性格多滑稽險詐（參看伊尹耕莘）。

六項而外，還有一點值得我們注意的，就是為要深切的表現劇中人的特殊性行，便給他的扮演者一種特殊服裝，如李存孝的虎磕腦盔，虎皮袍，呂布的雉尾等。在六七百年前，元代劇場的設計者居然依據這樣的標準來「妝裹」他們的演員，這確是值得稱許的。但是，可惜得很，在研究這些衣冠巾帶的時候，我們發現其中有個顯著而重要的缺陷：缺乏時代性。如智勇定齊一折，齊公子的「穿關」是：

簪纓公子冠，上衫袍，方心曲領，火裙，錦綬牌子，褡膊，玎璫，帶，三髭髯，執圭（註二十五）。

澠池會楔子，秦昭公的「穿關」也是：

簪纓公子冠，上衫袍，方心曲領，火裙，錦綬牌子，褡膊，玎璫，帶，三髭髯，執圭（註二十六）。

伊尹耕莘二折，方伯天乙的「穿關」又是：

簪纓公子冠，上衫袍，方心曲領，火裙，錦綬牌子，褡膊，玎璫，帶，三髭髯，執圭（註二十七）。

夏末到周季相去約千餘年，天乙與齊公子，秦昭公的衣冠竟無差別，這未免太荒唐了。又如陳母教子楔子，寇準的「穿關」是：

兔兒角幞頭，補子圓領，帶，蒼白髯（註二十八）。

豚神靈應二折，桓沖的『穿關』也是：

兔兒角幞頭，補子圓領，帶，三髭髯（註二十九）。

除髯鬚外，東晉與北宋人的衣冠如此雷同，這也是不合理的。其實，我們提出這一點也不免苛求之嫌。時至今日，演歷史劇的人們又有幾個能按照各劇的時代來給他們的演員化妝呢。

復次，這十五種雜劇的『穿關』不獨將元代演劇者的服裝顯示給我們，同時牠又使我們知道近百餘年劇場的「行頭」往往具有悠遠的來源。茲舉數例如下：

（1）雉尾。　呂布的『穿關』有雉尾，已詳前。舊劇有雉尾生（註三十）。齊如山中國劇之組織於此闡述頗詳（註三十一）。

（2）回回鼻。

（3）回回帽。　回回鼻與回回帽都是回回卒的「穿關」，已詳前。道光二年與內廷演劇有關的檔案記載着『回回鼻三十九個　，開除十九個』（註三十二），『回回帽九十二頂』（註三十三）。

（4）蓮花冠。　東華子的『穿關』有如意蓮花冠，　已詳前。　清內廷演陷甲馬陣的「行

近代散佚戲曲文獻集成

頭』中有『天師大蓮花冠一頂』（註三十四）。

（5）磕腦。李存孝蠍虎磕腦盔，已詳前。光緒十九年，內廷壽戲的『行頭』中有『白狼臚腦二頂』，『仙翁臚腦三十二頂』（註三十五）。「臚腦」應即「磕腦」。

五例之外，還有更耐人尋味的，就是現行舊劇中的諸葛亮掛三髯（註三十六），元劇黃鶴樓中的諸葛亮也如此（註三十七）。中國近代六七百年劇場化妝的流變竟由這十五種雜劇的「穿關」透出點消息，這眞是前此所未及料的。

三

孤本元明雜劇鈔本給我們的第二個啓示是唱念「題目正名」者的探索。

我們知道，元雜劇末尾照例有所謂題目正名。她的功用在說明該劇的主要情節，並將劇名提出。如李直夫虎頭牌的題目正名作：

樞院相公大斷案，便宜行事虎頭牌（註三十八）。

楊梓霍光鬼諫的題目正名作：

長城霍山造反，海溫縣廢王遭難，長信宮宣帝登基，承明殿霍光鬼諫（註三十九）。

這些每劇必備的題目正名，向例不註唱念者。清初毛奇齡曾討論到這個問題，且提出「坐間」人代唱說：

少時觀西廂記，見每一劇末必有絡絲娘尾一曲，于扮演人下場後與唱，且復念正名四句，此是誰唱誰念？至末劇扮演人唱清江引曲齊下場後，復有隨煞一曲，正名四句，總目四句，俱不能解唱者念者之人。及得連廂詞例，則司唱者在坐間，不在場上，故雖變雜劇，猶存坐間代唱之意（註四十）。

驟然看去，毛說的理由似很充分，無怪乎二百餘年來不少人採用牠。但我們若果稍加尋繹，便覺得牠不易成立。如上文所徵引的，毛說的最大根據是連廂詞，而連廂詞之所以有「坐間」人是因爲唱與演不由一人擔任，唱者與樂人列坐唱詞，演者在每闋內隨唱詞作舉止（註四十一），同時也就因此，在各色演員下場後，「坐間」「司唱」人仍可自由唱念。元雜劇不然，牠較連廂詞進步。在牠的劇場上，唱者與演者合而爲一，所謂「使勾闌舞者自司歌唱，而設笙，笛，琵琶以和其曲」，即是此意。演者既即是唱者，那末演者下場後，場上即無人司唱，題目正名更由何人唱念？大抵毛說只出於一時臆度，未曾詳加考慮，後人苦於尋不出唱念題目正名的人，故盲目的採用毛說來自欺欺人。我這樣懷疑毛說已有十年左右，直到今春讀孤本元明雜劇鈔本時，在這方面方獲得些許線索：元劇題目正名的唱念者或即該劇中最後唱念的脚色。

孤本元明雜劇鈔本中有兩段重要的戲劇史料。一見於桑簡夫陶母剪髮待賓，一見於無名氏鄭月蓮秋夜雲窗夢。剪髮待賓於日唱尾聲後這樣寫着：

（末云）雜劇卷終也。天下喜事無過夫婦團圓。文章把筆安天下，武將提刀定太平。題目正名：范學士薦賢舉善，晉陶母剪髮待賓（註四十二）。

秋夜雲窗夢於旦唱折桂令後也這樣寫着：

（孤云）天下喜事無過夫妻團圓。雜劇卷終也。題目正名：張秀才奪登龍虎榜，鄭月蓮秋夜雲窗夢（註四十三）。

剪髮待賓的末乃是范逵，即「抬舉」陶侃上京應舉的范學士。秋夜雲窗夢的孤乃是李敬，曾拯救本劇主腳鄭月蓮。他們都是劇中人。從這兩段史料推測，我們可以假想：元劇的上演，在演畢時，或都由最後唱念的腳色來宣告劇終，唱念出題目正名。

用這兩段史料作嚮導，來讀手邊所有的元劇總集。除了在元明雜劇本牆頭馬上劇尾找到「雜劇卷終」（註四十四）外，在覆元刊本古今雜劇內，我還尋得七條和「雜劇卷終也」相似的例證：「散場」與「出場」。茲列舉如後：

一、楊梓霍光鬼諫劇尾，正末唱落梅風後接着是「散場」，「散場」後是題目正名：「長安城霍山造反，海溫縣廢王遭難，長信宮宣帝登基，承明殿霍光鬼諫。」（註四十五）。

二、范康竹葉舟劇尾，正末唱堯民歌後接着是「散場」，「散場」後是題目正名：「呂純陽顯化滄浪夢，陳季卿悟道竹葉舟。」（註四十六）。

三、無名氏博望燒屯劇尾，正末唱堯民歌後接着是白，白後是「散場」，「散場」後是題目正名：「曹丞相發馬用兵，夏侯敦進退無門；關雲長白河放水，諸葛亮博望燒屯。」（註四十七）。

四，尚仲賢氣英布劇尾，正末唱收尾後接着是科白，科白後是「散場」，「散場」後是題目正名：「張子房附耳妬蕭何，漢高皇濯足氣英布。」（註四十八）。

五、張國賓衣錦還鄉劇尾，正末唱殿前歡後接着是「散場」，「散場」後是題目正名：「白袍將朝中隱禍，黑心賊雪上加霜，唐太宗招賢納士，薛仁貴衣錦還鄉。」（註四十九）。

六、狄君厚火燒介子推劇尾，末唱收尾後接着是白，白後是「散場」。題目正名缺（註五十）。

七、張國賓合汗衫劇，正末唱得勝令後接着是白，白後是「出場」，「出場」後是題目正名：「馬行街姑姪初結義，黃河渡夫妻相抱棄；金山院子父再團圓，相國寺公孫汗衫記。」（註五十一）。

對於這七段史料，我們申述三點。一、宋元人稱演戲爲「做場」，或「做排場」（註五十二），這是人所共知的，所以「散場」與「出場」卽是劇終的意思。二、在前引七劇中，「散場」與「出場」的地位適在曲白後，題目正名前，這也可以說明牠們的功用與「雜劇卷終也」相似。三、「雜劇卷終也」與「散場」，「出場」都見於版本較古的劇彔中，這也值得我們注意。從這一點上，我們可以推想：原始的劇本，在題目正名前，也許都有宣布劇終的語句，後來人因爲這是例行公事，官樣文章，遂將牠删去，故大多數劇本都不留絲毫痕跡，遂使後代人百忠不得題目正名的唱念者。

由「散場」和「出場」推而廣之，在元雜劇中，我們又得到兩種論據。牠們可以助成前說，使牠成爲一個比較合理的假定。

第一種論據是元劇最後一段白大多數含有結束全劇的性質，而且有時還包羅着與題目正名相同，至少相似的語句。這種例子極多。前者如李亞仙花酒曲江池劇尾鄭府尹的白：

（鄭府尹云）……（詞云）親莫親父子團圓，愛莫愛夫婦團圓。鄭元和風流學士，李亞仙絕代嬋娟。曲池前偶逢情賞，杏園後益顯心堅。早遂了跳龍門桂枝高折，空餘下蓮花落樂府流傳（註五十三）。

又如劉夫人慶賞五侯宴劇尾李嗣源的白：

（李嗣源云）則今日敲牛宰馬做一個慶喜的筵席也。則爲這李從珂孝義爲先，爲母親苦痛哀憐。因離夫典身賣命，相抛離數十餘年。爲打水備知詳細，認義在井口旁邊。今日個才得完聚，王阿三子母團圓（註五十四）。

後者如散家財天賜老生兒劇尾正末的白：

（正末云）您一家聽老夫說者。（詞云）六十年攢下家私，爲無兒每每嗟咨。親兄弟不幸早喪，引孫姪遣出多時。狠張郎妄圖家業，孝順女暗撫親友。遇寒食上墳祭掃，傷感處化妬爲慈。因此上指絕地苦勸糟糠婦，不枉了散家財天賜老生兒（註五十五）。

而該劇的題目正名恰是：「指絕地苦勸糟糠婦，散家財天賜老生兒。」又如鍾離春智勇定齊劇尾齊公子的白：

（齊公子云）晏嬰，安排酒宴，謝各國公子遠臨，同飲慶賀筵宴。衆公子聽者：則爲這賢夫八名揚天下，齊兵勝四海傳奇，操蒲琴七弦律呂，解玉環彌珍精微，穿九曲明珠剔透，秤白牙大象稱魁，曉六藝遍通書畫，善博變極盡圍棋，文學廣善占天象，武略勇對壘相持。謝你個晏平仲文才安國，多虧了鍾離春智勇定齊（註五十六）。

該劇的題目正名也是：「晏平仲文才安國，鍾離春智勇定齊」。元劇中最後唱念的脚色既常負結束全劇的責任，又往往念着與題目正名相同的語句，那末將作爲全劇撮要的題目正名劃分到他名下似尚不十分牽強附會。

第二種論據是元劇中結束全劇的脚色時常自視如劇外人。這種例子也不少。如小張屠焚兒救母劇尾的正末：

（水仙子）莫謾天地莫謾神，遠在兒孫近在身。焚兒救母行忠信，報（報？）爺娘養育恩。勸人間父子恩情，爲父的行忠孝，爲子的行孝順，傳與你萬古留名（註五十七）。

又如魯大夫秋胡戲妻劇尾的秋胡：

（秋胡云）天下喜事無過子母完備，夫妻諧和，便當殺羊造酒做個慶喜筵席。（詞云）想當日剛赴佳期，被勾軍驀地分離。苦傷心抛妻棄母，早十年物換星移。幸時來得成功業，著錦衣脫去戎衣。蒙君恩賜金一餅，爲高堂供應甘肥。到桑園糟糠相遇，強求歡假作癡迷。守貞烈端然無改，眞堪與青史標題。至今人過鉅野尋他故老，猶能說秋胡調戲其妻（註五十八）。

二例中，後者尤値得注意。演秋胡的脚色不獨自稱魯秋胡，而且說：「至今人過鉅野尋他故老」，若不是他自視爲劇外人，何能如此措辭！這與明小說孔淑芳雙魚扇墜傳結尾的「至今新河猶孔家墳塋見存」（註五十九）是同樣的語氣，第三者的語氣。劇中脚色既然可以置身劇外，自然在戲劇演畢時，可用劇外人的身分來宣告劇終，提出劇名，使觀者得個較淸晰的印象散去。

爲什麽元劇竟有這樣奇特的體製——劇中的某一個脚色會自視如劇外人，肩負起宣告劇終，提出劇名的責任？我們認爲這是受說書（狹義的說書卽「說話」，廣義的則連「諸宮調」也包括在內）的影響。說書與戲劇的區別自然很多，就中最重要的一個便是：前者用敍述體，後者用代言體。說書因爲是敍述體，故說者始終置身於故事外（雖然有時爲要使聽衆得到較深刻的印象不免暫時投身故事中，直接的表現故事中人物的聲容，但這終屬例外）。戲劇因爲是代言體，故演者必須置身於故事中。然而這兩種表面上看去截然不同的技藝，實際上却是「一家眷屬」；我們縱不敢大胆的說說書是戲劇的前身，至少我們也該承認牠在戲劇的完成上有重要的貢獻。試看淸代的「花部」。如：

（貼）……我乃孫二娘，丈夫張靑在此十字坡開張酒店。今日天氣淸明，不免將招牌掛將出去。（梆子腔）招牌掛在高竿上，專守的來往客商人。孫二娘坐在店門首（內咳嗽介），那邊來了客商人（註六十）。

這幾句曲白節錄自梆子腔的殺貨。「孫二娘坐在店門首」一句，不可否認的是敍述體。又如：

（貼）（梆子腔）李鳳姐將軍爺請入客房內，慌忙便把桌兒整。回身來到廚房下，端出佳餚色色新。上擺着東山木耳西山筍，肉脯羊羔件件精。銀鑲杯子象牙筯，狀元紅對蜜淋漓。梅龍鎭上的美味般般有，只少龍肝與鳳心。奴將酒飯來擺好，就把軍爺叫一聲（註六十一）。

這段曲節錄自梆子腔戲鳳。牠的敍述的氣分較殺貨更濃厚，除「奴」字外，幾可說全曲都是敍述體。這種敍述體與代言體糅雜的現象正說明說書給予戲劇的影響（註六十二）。就文學價値論，元雜劇自然比淸「花部」精粹的多，但同「花部」一樣，說書給予牠的影響始終保留着很顯的痕跡。牠的白不獨與「諸宮調」的白有相似處，卽與宋元話本也頗接近。下面是兩個比較明顯的例子：我們知道元劇在描寫人或物時，語體的白中往往插入段駢語。如醉思鄉王粲登樓許達描寫東道樓道：

（東）因四方官宦到此無可玩賞，故建此樓。此樓在山南，名曰東道樓。論巍峨漸近太虛，飄渺遙觀蓬島。我這樓四時可登，八節宜賞。春賞鶯燕韶光，夏玩紅蓮翠蓋，秋露滴黃花，冬觀寒梅傲雪。我這里酒汎鵝黃，饌堆金鯉，味甜紫蟹，菓壘金橙。鵑啼衰柳，雁落平沙。……（註六十三）。

這種以駢語寫人物的風尚，在話本中來得更是顯著，普遍。如五代史平話中梁史平話寫懸刀崖及侯家莊道：

好座高嶺！是：根盤地角，頂接天涯。蒼蒼老檜拂長空，挺挺孤松侵碧漢。山雞共日齊鬥，天河與澗水接流。飛泉飄兩脚廉纖，怪石與雲頭相軋。……黃巢兄弟四人過了這座高嶺，望見那侯家莊。好座莊舍！但見：石惹閒雲，山連溪水。堤邊垂柳，弄風裊裊拂溪橋，路畔閑花，映日叢叢遮野渡（註六十四）。

在「諸宮調」中，這類例子也極習見。如董解元西廂記寫鶯鶯道：

手撚粉香春睡足，倚門立地怨東風。髻綰雙䰀，釵簪金鳳。眉彎遠山不翠，眼橫秋水無光。體若凝酥，腰如嫩柳。指猶春筍纖長，脚似金蓮穩小（註六十五）。

又元劇白中常有「正是」云云，用來結束一個脚色的道白。如玉清菴錯送鴛鴦被小道姑的白：

師父去了也。天色已晚，不知李家小姐幾時過來，我且關上這門者。正是：閉門不管窗前月，分付梅花自主張（註六十六）。

這種體製實自話本中來。如錯斬崔寧：

正是：野花偏豔目，村酒醉人多（註六十七）。

這兩個例子總算把說書與元劇的關係證明了。元劇既始終和用敘述體構成的說書連繫着，那末牠的演員之一，在全劇應結束時，暫時置身劇外，如「說話人」一般，給全劇一個總結，宣告劇終，提出劇名，實是個頗近情理的措施（註六十八），同時我們從這一點上可看出性質殊異的各種文藝間却有密切的關係存在。

四

孤本元明雜劇鈔本給我們的第三個啓示是元劇聯套程式的補正。元雜劇皆用北曲。北曲聯套是前後有「定程」的。蔡瑩先生的元劇聯套述例根據一百一十九種元劇定出每個宮調聯套時的慣例，如論仙呂宮道：

仙呂首章多用點絳唇（不用點絳唇者惟梧桐雨，西廂記第二本，俱用八聲甘州，凡兩本）。點絳唇，八聲甘州後，例用混江龍。混江龍後常用油葫蘆，天下樂。天下樂後又多續用那吒令，鵲踏枝，寄生草。兩曲或三曲迭互循環者，金盞兒，後庭花。前後連用者金盞兒。連用者，村裏迓鼓，元和令，上馬嬌。六么序必連么篇，後庭花多帶青哥兒。末章例用賺煞，賺煞尾，尾聲。成套最短者用曲七章，或用八章，……最長者用十七章（註六十九）。

這部書成後，頗得學者們的稱許，認爲牠可以補大成，廣正二譜之闕。本來蔡先生這種工作是很機械的，只要材料充分，統計精密，結論自可正確。同時也就因此，一旦有新材料發現，原有的結論便非修正不可。現在我們發現的新材料就是孤本元明雜劇鈔本。根據這個鈔本，我們可以提出五點供研究元劇聯套者參攷：

（1）仙呂宮。仙呂宮聯套，據蔡書，最短者用曲七章（詳前）。但智勇定齊一折只有六章：點絳脣，混江龍，油葫蘆，天下樂，寄生草，尾聲。千里獨行二折也是六章：點絳脣，混江龍，油葫蘆，天下樂，金盞兒，尾聲。慶賞五侯宴一折與千里獨行同：點絳脣，混江龍，油葫蘆，天下樂，金盞兒，尾聲（註七十）。

（2）南呂宮。南呂宮聯套，據蔡書，最短者用曲七章，末章例用煞尾，尾聲，收尾，黃鍾尾（註七十一）。但黃鶴樓四折只有五章，末章是罵蝦蟆：一枝花，梁州，隔尾，隔尾，罵蝦蟆。慶賞五侯宴二折也是五章：一枝花，梁州，隔尾，賀新郎，尾（註七十二）。

（3）正宮。正宮聯套，據蔡書，是倘秀才與滾繡毬二曲常迭互循環使用，倘秀才無連用者（註七十三）。但慶賞五侯宴三折卻連用倘秀才：端正好，滾繡毬，倘秀才，倘秀才，呆骨朵，啄木兒尾聲。風雲破窰記二折倘秀才竟三用：端正好，滾繡毬，倘秀才，倘秀才，倘（倘）秀才，尾聲（註七十四）。

（4）雙調。雙調聯套，據蔡書，最短者用曲五章（註七十五）。但圯橋進履四折只有三章：新水令，沈醉東風，水仙子。智勇定齊四折只有四章：新水令，沈醉東風，甜水令，折桂令。陳母教子四折也是四章：新水令，水仙子，沽美酒，太平令（註七十六）。

（5）越調。越調聯套，據蔡書，最短者用曲八章，首章例爲鬥鵪鶉（註七十七）。但病打獨角牛二折只有七章，且首章爲梅花引：梅花引，紫花兒序，耍三台，絡絲娘，紫花兒序，么，尾聲。薦神靈應三折只有六章：鬥鵪鶉，紫花兒序，調笑令，禿廝兒，聖藥王，尾聲（註七十八）。

元劇所用不過九宮調，而蔡書須補正的竟有五宮調之多！這裏面的原因並非作者著述不謹嚴，而是新材料未及見，同時臧晉叔太好删改舊曲，作者取材却正以臧選爲主。

五

孤本元明雜劇鈔本給我們的第四個啓示是「脫剝雜劇」的解釋。

從元明人的作品裏，我們知道當時人將雜劇分爲十餘類（註七十九），「脫剝雜劇」即其中之一。「脫剝雜劇」這個名稱見於漢鍾離度脫藍采和雜劇：

（鍾）你做幾段脫剝雜劇。（末云）我試做幾段脫剝雜劇，做一段老令公刀對刀，小尉遲鞭對鞭，或是三王定政臨虎殿（註八十）。

「脫剝」或作「脫膊」，又稱「鏾刀趕棒」。太和正音譜說：

八曰鏾刀趕棒。

註云：

卽脫膊雜劇（註八十一）。

這種雜劇我一向相信牠是武戲。理由有二：一、藍采和中的末曾舉老令公刀對刀，小尉遲鞭對鞭爲「脫剝雜劇」的例子，而就「刀對刀」「鞭對鞭」上看來，二劇應都是「武行」。二、這種雜劇又名「鏾刀趕棒」，「鏾刀」應卽是朴刀，「趕棒」應卽是桿棒，二者都是江湖好漢慣用的武器。再看都城紀勝論「說話」時，謂「說公案」「皆朴刀桿棒及發跡變態之事」（註八十二），可知「脫剝（膊）雜劇」與此實近，二者的主脚大約都是始微後顯，以武藝致功名的。

元明武戲爲什麼叫做「脫剝（膊）雜劇」？這個問題，我直到讀孤本元明雜劇鈔本時方覓得解答。

劉千病打獨角牛雜劇譜劉千與綽號「獨角牛」的馬用在泰安州賽神會上「廝擂」獲勝事。該劇第三折寫降香大使令「獨角牛」向衆香客挑戰道：

（香官云）你便是獨角牛？（獨角牛云）小人便是。（香官云）你二年無對手也，則有今年，若是再無對手呵，這銀碗花紅表裏段匹就都賞你。香客還未全哩，等香客來全了時，脫剝下來搦三遭（註八十三）。

（香官云）着那獨角牛脫剝下遶着露台搦三遭。（鄧嶜云）理會的。兀那獨角牛，香客全了也，你脫剝下搦三遭。（獨角牛做脫剝了科，云）……（註八十四）。

從病打獨角牛這兩段科白，我們可以知道「脫剝」似即脫去衣服。牠大約是當時俗語。又考鄧夫人痛哭存孝雜劇一折寫李存信，康君利二人的怯懦道：

你放下一十八般兵器，你輪不動那鞭，簡，撾，槌，你怎肯袒下臂膊刀厮劈（註八十五）。

「袒下臂膊刀厮劈」，以此與前引病打獨角牛的科白合看，我們大可以想像古人作戰或「厮擂」時的情況，「脫剝（膊）」或竟是他們此時常有的舉動。「脫剝（膊）」既與戰鬥有關，那末武戲稱「脫剝」或「脫膊」雜劇又何足怪呢？

六

除以上四種啓示外，在簡率的校勘工作裏，我們還得點小收穫。這是關於狄青復奪衣襖車一劇的。

雍熙樂府卷十四，無名氏商調集賢賓「貪荒忙棘針科抓住戰衣」套（註八十六），從前顧隨先生曾推斷牠是刀劈史牙霞劇的佚曲（註八十七），這個推測現在已證明是錯誤的，牠是孤本元明雜劇中狄青復奪衣襖車的第三折。不過這兩段曲雖同敍一事，而辭句與曲調却頗有出入，並且對校的結果，我們發現二者都有些許錯誤。茲比較如下：

孤本元明雜劇本

（商調集賢賓）貪慌忙棘針科抓住戰衣
殺敗了一個小河西
行不動山岩下歇息
立不住東倒西歪
眼張狂手似撈淩
行不動一絲无力
那將軍相持厮殺對壘
有軍來誰敢迎敵
喧天般發喊聲
就地凱征聲
名傳于世
委實无雙
寰中第一
（後庭花）殺的那血如河　如聚水

雍熙樂府本

（商調集賢賓）貪荒忙棘針科抓住戰衣
險諕殺小河西
行不動山坡下歇息
立不住東倒西推
眼張狂有似撈菱
行不動一絲兩氣
那將軍慣相持能對壘
有軍來誰敢和他迎敵
則聽的撲天般發喊
震地凱征聲
（逍遙樂）端的是名傳萬世
看了他四海無雙
不枉了寰中第一

死屍骸山岸般堆
疎林外槍刀響
士坡前戰馬嘶
莫迎敵
誰曾見崎嶇的山勢
高阜處遙望者見一將來的疾
雄赳赳將鎧甲披
威凜凜戰馬嘶
紅抹額似火燄飛
皂羅袍似鶩黑
油甲甚整齊（註八十八）
鳳翎箭端的直
鵲華弓偃月起
那將軍黃面皮
三尖刀兩刃齊
人和馬走似飛

喝一聲如霹靂
唬的人魂魄飛
（雙雁兒）俺這壁急慌忙撲倒了這雲月皂雕旗
把槍刀不撤了等甚的
咱顧命逃生早回避
他來的雄勢威
惜不的甲馬催
（醋葫蘆）咱雄那裏歛戰馬
狄青背后隨
咱雄他英名赳赳豎神威
狄將軍怒將金鐙（註八十九）
不離了今日界河的
這兩岸要相持
（醋葫蘆）狄將軍玉轡提
相對敵 [illegible]
走獸壺順手取金鈚

狄青將玉勒兜
寶鐙踢
獸壺中順手扯金鈚

鳳翎箭水光端的直
弓彎着神背
更壓着漢朝李廣養由基
（醋葫蘆）狄青將右手兜
左手推
掛畫着遠近覷個高低
則他那猿猱臂膊使着氣力
撼山般威勢
轉回頭斜望着咎雄射
（醋葫蘆）箭着處支楞楞撇了畫戟
撲簌簌吊了豹尾
腦椿的落馬馬空回
彎着弓插着箭恰整理
紫金冠擴碎
三思台吞滿畫桃皮
（醋葫蘆）一個在河道東

鳳翎箭水磨端的直
弓彎神背
更壓着李廣養由基（註九十）
（逍遙樂）箭着時支楞楞撇了畫戟
撲簌簌零了豹尾
我見他翻身落地馬空回
彎弓插箭覷了一會
將一頂紫金冠來擂碎
我見他三思台吞滿畫桃皮
（逍遙樂）狄將軍前面行

一個在臨路西
都不曾答話便相持
却便似黑殺神撞着個霹靂鬼
槍強刀會
棋逢對手好相持
（醋葫蘆）史牙恰槍去的疾
狄將軍刀去劈
刀迎槍舉足律律火光飛
見槍來躲過着刀去劈
我則見連肩帶臂
恰便似錦毛彪撲倒一個玉狻猊
（尾聲）你與我急快走莫迎敵
得便宜只恐落便宜
他每都響璫璫笑將金鐙踢
割的這八頭耳鼻
打着面勝軍旗

史牙恰後面隨
他兩個不曾答話便相持
恰便似六丁神撞着個霹靂鬼
天生下是本對
寰中少有世間稀（註九十一）
（逍遙樂）史牙恰槍使迎
狄將軍刀去的疾
我子見槍迎刀桿足律律火光飛
見槍來躲過刀去劈
則見連肩帶臂
恰便似錦毛彪撲倒赤狻猊
（尾）你與我即便去莫迎敵
得便宜則恐落便宜
他每都響珊珊笑將金鐙踢
喜孜孜還營威勢
打一面皂鵰旗

齊賀着他這凱歌回　　齊和凱歌回

孤本元明雜劇與雍熙樂府兩種本子的異同既詳，我們現在略論其得失。就大體上看，孤本元明雜劇實較雍熙樂府爲優，因爲後者的曲文太凌亂了。例如孤本元明雜劇先敍史狄交戰，後敍史爲狄劈，這自然比雍熙樂府先寫史爲狄劈，後寫史狄追逐合理得多。但就字句論，雍熙樂府也不無可取之處。例如集賢賓曲，孤本元明雜劇作「殺敗了一個小河西」，「殺敗了」三字卽不妥帖。因爲唱這折曲的是個探子，「小河西」卽探子自謂，探子未參加戰鬬，如何言「殺敗了」？雍熙樂府此句作「險諕殺小河西」便合探子的身分了。

就曲調方面論，雍熙樂府的錯誤也比孤本元明雜劇顯得嚴重。雍熙樂府於集賢賓後，尾前，連用四支逍遙樂，而首支與後三支句法不同：（一）首支前二句是排句（註九十二），後三支則否，開始是兩個對句（註九十三）。（二）首支共九句（若將「狄青將玉勒兜，寶鐙踢」合爲一句則是八句），後三支則否，只有六句。這四支曲的句法既如此歧異，牠們很可能是兩個曲調。首支是逍遙樂，雍熙樂府既有明文，同時牠的句法也與譜中逍遙樂無大出入。後三支呢，我們猜牠是醋葫蘆。我們這樣假定實基於下列四證：（一）九宮大成譜載醋葫蘆五體都是六句（註九十四）。（二）這五體的首二句都是對句（註九十五）。（三）這三支曲的句法與孤本元明雜劇中的醋葫蘆同。（四）元劇聯套慣例，商調集賢賓套中逍遙樂向無么篇，醋葫蘆反是（註九十六）。如果我們這個假定是對的，則雍熙樂府這段曲的聯套將是：集賢賓，逍遙樂，醋葫蘆，么，么，尾。孤本元明雜劇的錯誤在集賢賓一曲。九宮大成譜載集賢賓六體，五體是十句的，一體是十一句的，大抵十句爲常，十一句爲變（註九十七），絕不像孤本元明雜劇的集賢賓長至十三句之多。此其一。又大成譜所收六體，彼此句法雖異，但末二句都是對句（註九十八），而孤本元明雜劇的集賢賓末尾是三句排句，對句却在三排句前。此其二。我們若根據雍熙樂府本將末三句删去，牠便與大成譜的十句體合。此其三。本來南北曲因爲句法繁變不易董理的緣故，後人誤題曲名，顛倒字句，久已是尋常事（註九十九），我們於此既不必苛責古人，更不必自矜己　。

衣襖車外　伊尹耕莘與風雪破窯記的第四折也都有顯著的脫誤（註一百），以手邊無別本可供校勘，只好期之他日。秋夜雲窗夢第一折本有楊夫人曲可對校，但二者間只是字句的出入，玆亦從略（註一百零一）。

寫到這裏，我願就正於當代學人的意見已是完了。我現在渴望着能讀到整部的孤本元明雜劇。就已讀到的二十一種劇推想，餘外的二百多種內必有更豐富的寶藏。這些寶藏的發現，一方面可填補過去戲曲史的空頁，他方面還可將已寫成者加以改正。

（註一）參看新陳元劇之新發現（書志學，十一卷一號），鄭振鐸跋脈望館鈔本古今雜劇（文學集林，一集），章美蓀記脈望館鈔校本古今雜劇（斯文，二卷，二十二期）。

（註二）去秋客滬訪王雲五先生，王先生爲述孤本元明雜劇印行的經過如此。

（註三）王國維宋元戲曲史序說：「壬子歲莫，旅居多暇，乃以三月之力，寫為此書。：：世之為此學者自余始。」壬子是民國元年，至今三十二年了。

（註四）錢文成於二十五年八月，刊登在燕京學報二十期。

（註五）青木正兒解釋杜善夫莊家不識勾闌「拾頭覷是個鐘樓模樣」道：「其次所謂拾頭覷是鐘樓模樣，蓋指劇台之狀而言者，意者斯時之戲台已如今日廟中所見戲台情況。」他這段解釋乍看去似極合理，實際上却是錯的。杜曲中鐘樓模樣的建築物即是藍采和雜劇中的神樓，神樓也是個看席（說詳燕京學報二十期，拙著古劇四考的勾闌考註七）。

（註六）這十五種劇是：劉夫人慶賞五侯宴，保成公徑赴澠池會，劉玄德獨赴襄陽會，立成湯伊尹耕莘，虎牢關三戰呂布，呂蒙正風雪破窰記，破苻堅蔣神靈應，山神廟裴度還帶，狄青復奪衣襖車，鄧夫人痛哭存孝，鍾離春智勇定齊，張子房圯橋進履，劉千病打獨角牛　劉玄德醉走黃鶴樓，狀元堂陳母教子。

（註七）狄青復奪衣襖車鈔本，頁二十一。

（註八）鄧夫人痛哭存孝鈔本，頁十八。

（註九）雁門關存孝打虎鈔本，頁十四。

（註十）鄧夫人痛哭存孝鈔本，頁二十五至二十六。

（註十一）虎牢關三戰呂布鈔本，頁七十一。

（註十二）同劇，頁四十五。

（註十三）同劇，頁五十七。

（註十四）鄧夫人痛哭存孝鈔本，頁十八。劉夫人慶賞五侯宴鈔本，頁五十。

（註十五）參看星島日報副刊俗文學十四期吳曉鈴說罟罟，又二十八期說罟罟補。

（註十六）王驥德曲律謂「小廝曰倈」，「禾倈（徠）」猶言農家小兒。

（註十七）喬卒子的「喬」應如夢粱錄「副淨色發喬」的「喬」。該折夏方將領陶去南，蠻入巢都是淨脚，故配以喬卒子。

（註十八）或作火袍。以齊公子諸人已著上衫袍，故從裙字。

（註十九）襠膊，直纏的功用均不易詳考，姑附著於此。

（註二十）行纏與腿綳護膝疑是一物的異名，故都與八答鞋配合起來用。

（註二十一）貴婦人戴罟罟帽是胡俗。參看說罟罟與說罟罟補。就劉夫人慶賞五侯宴等五劇附的「穿關」看來，元劇女脚似皆不戴帽，劉夫人是番族貴婦人，故與他人不同。罟罟帽附著於此，因爲牠是婦女用的。

（註二十二）海鮁的「鮁」字疑是「鯎」字。鯎乃魚名，似鯉而赤。海鮁項帕或即項帕之有飾物繡者。

（註二十三）三髭髯與三髭鬚未知是否一物的誤寫，無別本可校，姑並錄存。
（註二十四）攢頂或作攢頭，二者都不易解。前者較習見，故採用牠。
（註二十五）鍾離春智勇定齊鈔本，頁四十。
（註二十六）保成公徑赴澠池會鈔本，頁四十九。
（註二十七）立成湯伊尹耕莘鈔本，頁二十二。
（註二十八）狀元堂陳母教子鈔本，頁四十。
（註二十九）破符堅蔣神靈應鈔本，頁二十九。
（註三十）周明泰道咸以來梨園繫年小錄，頁十六。
（註三十一）中國劇之組織「雉尾」條：「雉尾乃冠上所插兩根長翎。……此本代表野人之意，故飾匈奴番人將官或小大王均用之。日久因其美觀，中國將官亦有時用之。但仍不十分正當，大致總是非正統朝廷之將官方用之，而青年將官尤喜用。……」呂布是青年將官，又隸屬奸臣董卓，無怪乎他出場時冠插雉尾。
（註三十二）王芷章清昇平署志略，商務本，頁二六九。「蠲除十九個」是說三十九個回回鼻中有十九個已「糟舊無用」，應行除去。
（註三十三）同書，頁二七八。
（註三十四）同書，頁二四一。

（註三十五）同書，頁二四八。

（註三十六）中國劇之組織「三髯」條：「三髯，簡言之曰三，係將鬚分為三縷，俗語所稱三綹長髯是也，乃表示文人清雅之意。如伍員，鄧禹，諸葛亮，薛仁貴，楊延景等，各種人物用之。」

（註三十七）劉玄德醉走黃鶴樓鈔本，頁四十六。

（註三十八）元曲選，商務印書館影印本，丙集上，頁二十二。

（註三十九）覆元刊本古今雜劇，卷四，頁七。

（註四十）西河詞話，詞話叢編本，卷二，頁四至五。

（註四十一）同上。

（註四十二）陶母剪髮待賓鈔本，頁二十一。

（註四十三）鄭月蓮秋夜雲窗夢鈔本，頁十九。

（註四十四）元明新劇，南京國學圖書館影印本，頁四。

（註四十五）覆元刊本古今雜劇，卷四，頁七。

（註四十六）同書，卷五，頁八。

（註四十七）同書，同卷，頁八。

（註四十八）同書，卷二，頁六。

（註四十九）同書，卷三，頁五。

（註五十）同書，同卷，頁八。

（註五十一）同書，同卷，頁七。

（註五十二）永樂大典戲文三種，古今小品書籍印行會排印本，頁五十五，宦門子弟錯立身「前日有東平散樂王金榜來這里做場」。元明雜劇，藍采和，頁一，一折白「這里是婦人做排場的。」

（註五十三）元曲選，乙集下，頁二十六。

（註五十四）劉夫人慶賞五侯宴鈔本，頁四十九。

（註五十五）元曲選，丙集上，頁四十三。

（註五十六）鍾離春智勇定齊鈔本，頁四十。

（註五十七）覆元刊本古今雜劇，卷五，頁十。

（註五十八）元曲選，丁集上，頁二十九。

（註五十九）孔淑芳雙魚扇墜傳是熊龍峯刊小說四種之一。書未見，茲據孫楷第日本東京所見中國小說書目提要，卷二，頁十三引。

（註六十）綴白裘，上海啓新書局石印本，十一集，卷一，頁三。

（註六十一）同書，同集，卷三，頁一。

（註六十二）參看中央研究院歷史語言研究所集刊第七本第三分，李家瑞由說書變成戲劇的痕跡。

（註六十三）元明雜劇本，頁十九。

（註六十四）手邊無書，茲據魯迅中國小說史略全集本，頁三百五十三引。

（註六十五）董西廂，暖紅室刊本，卷一，頁八。

（註六十六）元曲選，甲集上，頁十三。

（註六十七）鄭振鐸中國短篇小說集第二集上册，頁一百六十二。

（註六十八）宋人「說話」的實在情形，我們現在已無從詳知。但就話本系的小說來推測，當時「說話人」在一段話本說畢時似乎也要宣告終結。例如張生彩鸞燈傳（熊龍峯刊小說四種之一）就在『故事敷衍畢，乃收呵道「話本說徹，權作散場」』（據孫楷第日本東京所見中國小說書目提要）。此說若可成立，那末元劇的「散場」，「出場」以及「雜劇卷終也」等等應該都是從「說話」嬗變來的了。

（註六十九）元劇聯套述例，商務本，頁四至十三。

（註七十）智勇定齊鈔本，頁八至十。千里獨行鈔本，頁十三至十六。慶賞五侯宴鈔本，頁五至七。

（註七十一）元劇聯套述例，頁十五。

(註七十二)黃鶴樓鈔本，頁四十二至四十五。慶賞五侯宴鈔本，頁八至十二。

(註七十三)元劇聯套述例，頁十九。

(註七十四)慶賞五侯宴鈔本，頁二十四至二十八。風雪破窰記鈔本，頁十五至十六。

(註七十五)元劇聯套述例，頁三十三。

(註七十六)圯橋進履鈔本，頁五十六至五十七。陳母教子鈔本，頁三十六至三十八。

(註七十七)元劇聯套述例，頁四十二。

(註七十八)病打獨角牛鈔本，頁十三至十七。蔣神靈應鈔本，頁二十二至二十四。

(註七十九)據青樓集，太和正音譜，藍采和等書，元雜劇可得十四類。參看古劇四考，才人考註十。

(註八十)元明雜劇，藍采和，頁三。

(註八十一)太和正音譜，古書流通處影印本，卷上，頁十一。

(註八十二)都城紀勝，嘉惠堂武林掌故叢編本，頁十一。

(註八十三)病打獨角牛鈔本，頁十九。

(註八十四)同書，頁二十一。

(註八十五)痛哭存孝鈔本，頁八。

(註八十六)雍熙樂府，四部叢刊續編本，卷十四，頁八十八。

（註八十七）手邊無顧文，只記得牠是批評趙景深元人雜劇輯逸的，刊登在二十六年廣州民國日報文史週刊上。

（註八十八）油字上有空格，似脫一字。

（註八十九）鐙字下有空格，似脫一字。

（註九十）自『端的是名傳萬世』至此爲一曲

（註九十一）雍熙樂府列此曲於『史牙恰槍使迎』一曲後。

（註九十二）逍遙樂首三句『端的是名傳萬世，看了他四海無雙，不枉了寰中第一』，如果將襯字除去，即成爲『名傳萬世，四海無雙，寰中第一，』恰是三個四字句。這與王子一散套的『編排綴落，闢地栽疏，臨池詠草』正同。

（註九十三）如『箭着時支楞楞撇了畫戟，撲簌簌零了豹尾』，『史牙恰鎗使迎，狄將軍刀去回疾』，『狄將軍前面行，史牙恰後面隨』諸句，若將襯字除去，即成爲對句。

（註九十四）九宮大成譜，古書流通處影印本，卷五十九，頁十二至十三。

（註九十五）如『胸減酥，臉褪蓮』，『春光如水清，桃花似火堆』，『不同魚水諧，情隨天地老』，『詩吟出錦綉文，字裝成古樣體』，『剪鵝毛雪正飛，誓羊角風又悲』諸句皆是。

（註九十六）元劇聯套述例，頁四十六至四十七。

（註九十七）九宮大成譜，卷五十九，頁一至三。

（註九十八）如『六龍回地軸，萬國仰天顏』，『無聲茶漸熱，有影菊全欹』，『同心長命縷，辟惡赤靈符』，『鳥驚環珮響，鶴吹鐸鈴鳴』，『更闌人靜悄，天曉角聲催』，『酷吟得詩句穩，忙寫得字兒歪』諸句皆是。

（註九十九）九宮大成譜，卷五十九，頁十，金菊香註：『金菊香第四闋，雍熙樂府誤作浪裏來，今改正。……第六，第七闋係二郎神套內曲，後接雙雁兒，尾聲爲一套，諸譜將此二闋併作浪裏來煞，贅遺去雙雁兒，尾聲。廣正譜誤題上京馬，今改正。』王玉章元劇聯套述例跋：『臧氏又於登樓，留鞋二劇仙呂套內各刪醉扶歸一曲，捕魚大石套內更以歸塞北兩支合爲初問口一曲。』

（註一百）我們說伊尹耕莘第四折有脫誤是根據下面兩種理由。（一）本折用的是雙調新水令套，其曲爲：新水令，沉醉東風，雁兒落，得勝令，可是得勝令只有兩句。（二）得勝令二句的白是：『（殿頭官云）馬到處剪除暴夏，（殿頭官云）一陣成功輔大乙位都於亳邑也。』得勝令各譜無作二句者。兩句殿頭官白中間應有他人的曲或白，不然，則兩句可以連書下去，何必加上（殿頭官云）的字樣。風雪破窰記四折的脫誤也有二證。（一）本折以川撥棹始，而未言宮調，可知此曲不是本折首章（雙調聯套，首章多是新水令，間用五供養）。（二）未言呂蒙正夫妻上場，而夫有白，妻有曲。

（註一百零一）可用以校秋夜梧窗夢一折的本有詞林摘豔，詞謔，及楊夫人曲，但目前手邊只有後一種(任訥編訂楊升菴夫婦散曲)。楊夫人是楊慎妻黃峨。她原是個散曲作家，書賈射利，想用她的名氣來號召，故割裂他人的劇曲，竄入黃集。